KB040675

당신은 전쟁을 몰라요

우크라이나에서 온 열두 살 소녀, 예바의 일기

예바 스칼레츠카
손원평 옮김

할머니에게

일러두기

1. 단행본은 겹꺾쇠표(《》)로, 신문, 잡지, 음악, 방송 프로그램 등은 홑꺾쇠표(〈〉)로 표기했습니다.

2. 러시아 국경 근처에 사는 많은 우크라이나인과 마찬가지로 예바는 러시아어와 우크라이나어를 모두 구사하며, 이 책 대부분을 러시아어로 썼습니다.

3. 국립국어원 외래어 표기 대원칙에 따라 지명은 우크라이나어 발음으로 적되, 익숙한 몇몇 지명은 독자의 이해를 돕기 위해 기존 러시아어 발음을 괄호 안에 함께 적었습니다.

   예: 키이우(키예프), 하르키우(하리코프)

4. 우크라이나 지명이나 문화에 대한 자세한 설명은 250쪽부터 시작되는 '더 읽기'에 적혀 있습니다.

서문

　　당신은 전쟁이 어떤 것인지 모른다.

　　이 문장은 전쟁이 어떤 것인지 진실로 알고 있는 사람에게서 나온 훌륭한 제목이자 선언 그리고 도전이다. 책을 읽으며 우리는 전쟁의 진실을 말하는 예바의 크고 또렷한 목소리를 들을 수 있다. 책을 읽은 후에도 당신은 전쟁이 무엇인지 정확히 알 수 없을지도 모르지만, 전쟁을 겪었고 오늘도 여전히 겪고 있는 어린이와 어른, 가족과 공동체에 대해 훨씬 더 많이 알게 될 것이다. 이 책을 읽은 당신은 예바를 통해 그녀와 함께 전쟁을 겪은 상태가 될 것이다. 책을 한 번 읽고 난 후 우리는 잊을 수 없을 것이다. 말 그대로 강렬한 예바의 이야기는 우리와 함께한다. 일상생활에서 지옥까지 내려가고 다시 구원을 겪은 어린 작가의 이야기 말이다.

나는 내가 쓴 이야기들에서 전쟁을 자주 언급했었다. 고대의 전쟁, 세계 대전, 같은 인류 간에 행해진 비인간성, 모든 것을 잃은 것처럼 보이는 상황에서도 계속 싸울 용기, 역경과 좌절을 견디는 능력, 살아남고자 하는 의지, 평화를 되찾고 화해를 추구하려는 의지 등에 대해 말이다. 그럼에도 불구하고 예바가 직접 겪은 것에 비하면, 전쟁이 어떤 건지 전혀 알지 못했다.

나는 1943년에 태어났다. 나는 피란했고 어떤 의미에선 난민이었지만 그때의 기억은 전혀 남아 있지 않다. 내가 기억하는 건 내가 2차 세계 대전 후의 런던에서 자랐다는 사실이다. 전쟁의 잔해는 도처에 존재했고, 폭격을 맞아 주저앉은 집 근처 거리에서 우리는 주로 전쟁놀이를 했다. 21세라는 젊은 나이에 공군 복무 중 전사한, 멋진 배우였던 남동생 피에테에 대해 얘기할 때면 어머니의 얼굴 위엔 깊은 슬픔이 드리워졌다. 피에테 삼촌의 사진은 벽난로 위에서 언제나 날 바라보고 있었다. 삼촌을 만난 적이 없는데도 나는 친척들을 통틀어 그의 얼굴을 가장 잘 기억하고 있다. 피에테 삼촌은 영원히 자라지 않은 채로, 언제나 같은 모습이었기 때문이다.

등굣길에는 늘 마주치는 상이군인이 있었다. 메달

박힌 재킷을 입고 상점 밖 도로 위에 앉아 있던 그의 옆으로는 개가 똬리를 틀고 누워 있었다. 난 자주 건너편 길로 갔는데, 개를 피하기 위해서이기도 했지만 그보다 더 큰 이유는 깔끔하게 접힌 그의 빈 바지통을 봄으로써 전쟁이 인간의 신체에 어떤 일을 가했는지 다시 확인하고 싶지 않아서였다.

우리 가족은 전쟁으로 완전히 해체됐다. 아버지는 전쟁에서 살아남았지만, 어머니와의 결혼 생활은 그러지 못했다. 내가 알게 된 건, 전투가 끝나더라도 전쟁은 삶을 파탄 내는 방식으로 잔존한다는 사실이었다. 그러므로 내가 전쟁에 대해, 전쟁의 종식과 더불어 화해와 평화를 염원하는 우리의 마음에 대해 자주 글을 써 온 건 놀라운 일이 아니다.

예바의 특별한 일기가 내게 그토록 강렬한 인상을 남긴 것도 놀라운 일이 아니다. 내가 전쟁에 대해 쓴 이야기를 통틀어 예바가 직접 경험하고 쓴 이 원고만큼 전쟁이 한 사람의 삶에, 그의 가족과 친구, 그가 속했던 사회와 국가에 미친 충격적인 영향에 대해 깊고 힘 있게 서술한 책은 없었다. 우리는 전쟁으로 인해 세계의 붕괴를 겪은 한 소녀의 글을 통해 전쟁이 어떤 것인지를 단번에 간

파할 수 있다.

우리 모두에게 예바의 일기는 전쟁이 다만 기자들에 의해 보도되는 뉴스가 아니라는 것을, TV와 영화, 역사와 허구 속 이야기가 아니라는 것을 일깨워 준다. 전쟁은 날이면 날마다, 밤이면 밤마다 일어난다. 예바의 일기에서 전쟁은 우리의 폐부를 찌르며, 눈앞에 즉각적으로 존재하여 우리가 다른 곳으로 시선을 돌릴 수 없게 한다. 삶과 세계는 파괴된다. 예바는 마치 안네 프랑크처럼 나이에 상관없이 우리 모두에게, 우리가 들어야 하는 진실을 이야기한다. 그녀의 언어는 이해를 불러일으키고 이윽고 화해를 가져올 것이다. 왜냐하면 누구든 이 글을 읽은 사람은 전쟁이 그것을 직접 겪은 이들에게 어떻게 다가가는지 이해하게 될 것이고, 나아가 희망은 영원히 샘솟는다는 사실을 다른 이들에게 상기시킬 것이기 때문이다.

2022년 7월

마이클 모퍼고(동화 작가)

차례

러시아 국경 →

N

들어가며

    '전쟁'이라는 단어를 모르는 사람은 없다. 하지만 전쟁이 정말로 무엇을 의미하는지 아는 사람은 거의 없다. 당신은 아마도 전쟁이 끔찍하고 참혹하다고 말하겠지만, 전쟁이 가져오는 진정한 공포가 얼마나 큰지는 알 수 없을 거다.

    그래서 갑자기 전쟁과 마주하게 되면, 당신은 공포와 절망에 휩싸인 채 어찌할 바를 모르는 상태가 될 것이다. 당신이 계획했던 모든 일은 전쟁이 가져오는 파괴로 예고도 없이 망가진다. 정말로 그것을 겪기 전까지, 당신은 전쟁이라는 게 무엇인지 모른다.

그 일이
있기
전

2022년 2월 14일

우크라이나 공격을 막기 위한 지도자들의 막판 설득
〈타임스〉

제이크 설리번 백악관 국가안보보좌관,
"러시아는 우크라이나를 '이제 언제든' 공격할 수 있다"
CNN

젤렌스키 대통령, 2월 16일을
우크라이나 통일의 날로 선포하다
〈키이우 포스트〉

전쟁까지 초읽기
〈데일리 미러〉

생일•내 생활

2월 14일 아침, 나는 일찍 눈을 뜬다. 오늘은 내 생일이다. 열두 살이 됐다. 이제 거의 십 대에 들어선 셈이다! 내 방엔 깜짝 선물이 있다. 풍선들! 무려 다섯 개나 된다. 은색, 분홍색, 금색 그리고 터키색 풍선도 두 개나 있다. 앞으로 더 깜짝 놀랄 일들이 날 기다리고 있을 거라고 생각하니 가슴이 콩닥댄다. 생일 축하 문자가 쉴 새 없이 온다. 집을 나서기 전 벌써 일곱 명에게서 문자가 왔다. 빨리 학교에 가고 싶다.

학교에 도착하자 복도에서 마주치는 친구들마다 모두 내게 생일을 축하한다고 말해 준다. 나는 온종일 방실방실 웃다가 나중엔 진짜로 얼굴이 아파진다. 생일 파티는 이번 주 토요일, 쇼핑센터인 니콜스키몰에서 볼링 파티로 열 거다. 벌써 친구들에게 초대장을 보냈고 다들 기대하고 있다.

학교가 끝나고 집으로 돌아온다. 나는 이리나 할머니와 단둘이 살지만, 엄마가 터키에서 올 때면 외조부모님인 지나 할머니와 요시프 할아버지와 함께 지낸다. 엄마는 내 생일을 축하해 주러 왔지만 아빠는 외국에서 일하느라 이번엔 오지 못했다. 이모와 삼촌 그리고 사촌 동생이 특별한 생일 파티를 위해 방문한다. 나는 차이콥스키의 왈츠와 베토벤의 〈엘리제를 위하여〉를 피아노로 친다. 모두가 내 연주에 귀 기울인다. 평화롭다.

그러고 나서 우리는 차를 마시며 과자와 샌드위치를 먹는다. 가장 멋진 건 초가 잔뜩 꽂힌 맛있는 케이크였다!

2월 19일

드디어 그날이 왔고 우리는 볼링을 치러 간다! 난 볼링이 너무 좋다. 무거운 공을 굴리고, 높은 점수를 받고, 신나는 시간을 보내는 게 좋다! 니콜스키몰에 도착해서 친구들을 만난다. 많은 친구들이 내게 돈을 선물로 준

마침내 그날이 왔다. 내 열두 번째 생일이다!
볼링 파티에서 선물에 둘러싸인 나.
난 정말 행운아다.

다. 하지만 같은 반 친구 중 하나는 그 외에도 선물을 더 주었다. 그 애는 내게 예쁜 꽃다발과 함께 펜던트가 달린 작고 우아한 이탈리아제 은팔찌를 건넸다. 너무너무 기쁘다. 나는 계속 고맙다고 말하며 그 애가 내 눈에 담긴 진심을 알아채길 바란다.

우리는 볼링 게임을 시작한다. 내가 맨 처음 순서다. 전부터 볼링을 해 왔기 때문에 나는 아주 잘한다. 제법 투지가 불타오른다! 공을 굴리는 일은 너무 재미있고, 내 차례가 다시 오기까지 기다리는 게 힘들 정도다. 올라도 볼링을 꽤 잘한다.

코스티야가 빛의 속도로 공을 던지지만, 던지는 방향은 고려하지 않았는지 점수가 좋진 않다. 타라스는 아주 특이한 시도를 한다. 도움닫기를 하면 잘될 거라고 생각하나 본데, 실제로 좋은 점수를 딴다. 나는 두 게임 중 한 게임을 이기지만, 결국엔 내가 가진 경쟁심과 상관없이 누가 이기느냐가 중요하지는 않다. 친구들과 함께한다는 게 좋을 뿐이다.

2월 20일

다음 날이 되고 엄마가 터키로 돌아간다. 부모님

은 내가 두 살 때 이혼했고 그때부터 나는 이리나 할머니와 함께 살았다. 둘뿐이지만 우린 행복하다.

내 삶은 바쁘다. 나는 일주일에 두 번 영어교실에 가는데 영어를 배우는 게 정말 재미있다. 매주 일요일에는 피아노를 배우기 위해 시내로 나간다. 커다란 창이 달린 오래된 집들과 1913년에 지어진 웨딩 팰리스를 지나치는데, 그 거리에서 내가 제일 좋아하는 건 상점들이다.

하르키우(하리코프)[1]엔 아름다운 곳이 많다. 도심, 셰우첸코 공원 그리고 동물원과 고리키 공원까지. 그중에서도 셰우첸코 공원은 특히나 아름답다. 정원 안에 있는 환상적인 음악 분수에서는 원숭이들이 여러 가지 악기를 연주한다. 돌고래와 벨루가 고래를 볼 수 있는 멋진 수족관도 근처에 있다. 아름다운 자갈길은 높은 건물들이 모여 있는 자유광장[2]의 데르즈프롬으로 이어지고, 할머니와 내가 영혼의 안식을 취해야 할 때마다 우리는 스뱌토포크로우스키 수도원에 간다.

학교생활은 즐겁다. 배우는 것도 친구들과 함께 웃는 것도 정말 즐거워서, 난 학교에 지각하지 않도록 늘 애쓴다. 쉬는 시간, 특히 긴 쉬는 시간을 좋아하는데 베프인 예우헨, 올라와 엄청 재미나게 놀 수 있기 때문이다.

내가 가장 좋아하는 취미인 그림 그리기.

집에서의 나,
학교 갈 준비를 마치고 난 뒤.

우리는 작은 로켓[3]처럼 빙글빙글 돌며 학교 안을 종횡무진 뛰어다닌다. 내가 가장 좋아하는 과목은 지리, 수학, 영어와 독일어다. 수업이 끝나면 친구들과 나는 함께 집으로 걸어간다.

나는 할머니와 사는 우리 집 아파트의 거실을 사랑한다. 아주 편안한 안락의자가 있는 정다운 곳이다. 나는 작고 귀여운 책상에서 숙제를 한다. 방 한가운데에는 이젤과 유화물감이 놓여 있다. 영감이 떠오를 때면 나는 자리에 앉아 그림을 그린다. 침실로 가면 언제나 내가 가장 사랑하는 분홍 고양이 인형이 침대 위에 있다. 소시지처럼 길고 배가 하얀 이 인형의 이름은 츄파펠야 Chupapelya다. 왜 그렇게 이름을 지었는지도 모르고 뜻도 없지만 그냥 그 이름이 떠올랐다.

거실 창은 시내를 향해 나 있고 침실의 창문은 몇몇 집과 텅 빈 커다란 들판이 보이는 러시아 국경 쪽을 마주하고 있다.

할머니의 아파트에는 이탈리아제 가구로 가득 찬 커다란 부엌이 있다. 부엌 한구석에 놓인 화분 안에서는 키 큰 야자나무가 자란다(우리 집엔 식물이 많다). 나는 마사지 기능을 갖춘 커다란 욕조에서 따뜻한 물로 목욕을

하는 걸 즐긴다. 우리 집은 하르키우 북동쪽 외곽의 멋진 동네에 있는 예쁜 집이다.

숙제가 많은 날이 많다. 숙제를 다 하고 나면 나는 TV를 틀고 편안한 잠에 빠져든다.

그리고 이게 바로 내 삶이다. 그렇다. 러시아에 대한 소문과 속삭임이 있긴 했지만 그뿐이다. 그냥 말일 뿐인 것이다. 2월 14일의 내 삶은 평범하다. 그리고 15일, 16일, 17일이 지나 2022년 2월 24일 이른 오전까지도 내 삶은 평화롭다.

우크라이나에
전쟁이
일어나다

2022년 2월 24일

우크라이나, 러시아의 공격에 앞서
국가적 위급 상황을 선언하다
〈아이리시 타임스〉

우크라이나에서 두 번째로 큰 도시
하르키우에서 들린 희미한 폭발음
〈워싱턴 포스트〉

젤렌스키 우크라이나 대통령,
"러시아는 악의 길을 걷고 있다"고 발언
CNN

러시아 지상군, 우크라이나로 진입하다
〈키이우 포스트〉

UN의 성명, 세계는 '위기의 순간'에 직면했다
〈인디펜던트〉

1번째 날

시작•공포•전쟁•
내 눈에 가득한 두려움

몹시 평범한 밤이었다. 나는 깊이 잠든 상태였다. 하지만 어떤 이유에서인지 새벽 5시에 깨고 말았다. 방에서 나와 거실에서 자려고 해 봤다. 나는 소파에 누워 눈을 감고 다시 잠이 들었다.

새벽 5시 10분

쨍쨍 울리는 커다란 금속음에 갑자기 잠에서 깼다. 처음엔 폐차장에서 자동차를 부수는 소리인 줄 알았는데, 우리 집 근처엔 폐차장이 없기 때문에 사실 말이 안되는 생각이었다.

바로 그때 그것이 폭격이라는 걸 깨달았다.

창가에 서서 러시아 국경 쪽을 바라보는 할머니의 모습이 보였다. 할머니는 그래드 미사일이 들판을 가로지르는 걸 보고 있었다. 갑자기 거대한 로켓이 집을 스치더니 무시무시하게 큰 소리를 내며 폭발했고, 그 순간 내 심장은 얼어붙었다.

여기저기서 자동차 경고음이 울렸다. 할머니는 침착하려고 애썼다. 내게 다가와 "푸틴이 정말 우크라이나와 전쟁을 하려고 하는 거니?"라고 물었다.

나는 엄청난 충격을 받았다. 무슨 말을 해야 할지 전혀 알 수 없었다. 할머니가 진실을 말하고 있다는 걸 알았지만 그 사실을 믿기란 몹시 힘들었다. 전쟁에 대해 들으며 자라 왔어도 전쟁을 겪은 적은 없었다. 공포감이 나를 휩쌌다.

우리에겐 생각할 시간이 없었다. 전쟁이 일어나면 어떻게 해야 하는지 아무도 알려 준 적이 없었다. 우리 중 누구도 전쟁에 대비돼 있지 않았다. 나도 할머니도 우리의 이웃들도 말이다. 우리가 아는 건 아파트를 떠나 지하실로 대피해야 한다는 사실뿐이었다.

손이 떨리고 이가 딱딱 부딪혔다. 두려움에 온몸이 쪼그라드는 것 같았다. 처음으로 내게 공황 발작이 찾아왔다는 걸 깨달았다. 할머니는 정신을 차려야 한다면서 나를 진정시키려 했다. 집을 떠나기 전 할머니는 내 목에 십자가 목걸이를 둘러 줬다. 세례식 때 선물로 받고 한 번도 하지 않은 목걸이였다. 그런 다음 할머니는 보석함을 옷장 안에 숨겨 두었다.

나는 휴대폰을 확인했다. 학교 단체 채팅방에서 방금 일어난 일에 대한 이야기들이 오가고 있었다.

준비가 끝나자마자 우리는 지하실로 향했다. 지하실로 들어가자 공황 증상이 다시 느껴졌다. 숨을 쉴 수 없었고 손은 차갑고 축축해졌다.

전쟁이 시작된 것이다.

폭발, 소음, 내 심장이 쿵쿵 뛰는 소리……. 공포와 소음 속에서 아무 생각도 할 수 없었다. 눈물이 가득 차올랐다. 나와 내가 사랑하는 사람들을 생각하자 두려움이 몰려왔다.

우리가 머문 지하실은 방공호로 지어진 곳은 아니었다. 냉온수 파이프가 여기저기 흩어져 있었다. 먼지가 가득했다. 천장은 몹시 낮았고 작은 창은 거리를 겨우 내다볼 수 있을 정도의 높이에 나 있었다. 그 아래에는 꽤 많은 사람들이 모여 있었다. 아저씨들은 갑작스러운 폭발로 유리창이 깨져도 파편에 누군가가 다치지 않도록 모래주머니로 창을 막았다.

시간이 조금 흐르고 사방이 조용해지자 나는 용기를 내 지하실에서 빠져나왔다. 휴대폰으로 뉴스를 틀었다. 모여든 사람들이 이 상황이 어떻게 된 일인지 알아내기 위해 큰 소리로 떠들어 댔다. 바로 그 순간 날카로운 폭발이 여러 차례 일어났다. 우린—이제는 방공호가 된—지하실로 급히 몸을 숨겼다.

그리고 세 번째 공황 발작이 찾아왔다. 눈물과 함께, 내가 셀 수 있는 것보다 더 많은 폭발과 함께.

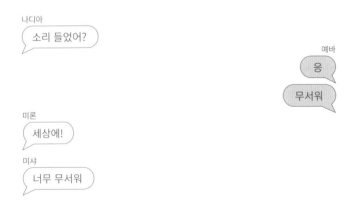

나디아
소리 들었어?

예바
응
무서워

미론
세상에!

미샤
너무 무서워

톨야

집 근처에서 일어나는 폭발 때문에

너무 무서워

톨야

집에서 100미터쯤 떨어진 데야

미론

난 탱크도 봤어

미론

또 폭발이야

미론

한 번 더 폭발

미샤

그렇구나

미론

그래서, 우리 이제 어떡하지?

루슬란

걱정 마, 얘들아

루슬란

침착하자

미론

천재다. 쉽네!

루슬란

모든 게 괜찮아질 거라고 기도하고 있어

미샤

응

> 얘들아, 안녕

> 밖에 나갔는데 타는 냄새 나

오전 11시 30분

이웃 중 한 사람이 상점 ATM에서 현금을 찾으려 했지만 실패했다. 가게 안에는 기관총을 든 우크라이나 군인들이 있었고 또다시 폭발이 일어나자 사람들은 달려 나가기 시작했다. 놀란 우리 이웃도 가게 밖으로 도망쳤다. 사람들 말에 따르면 우크라이나 저격수들이 우리 집 근처 건물들 지붕에 배치돼 있다고 한다.

이 소식을 듣고 나는 친구들이 잘 지내는지 확인 하기 위해 한 명 한 명에게 전화를 걸었다. 친구들 몇몇은 심각한 상황에 처해 있었다.

학교 친구 마리나는 도로가 차량들로 꽉 막혀서 방공호로 가는 데까지 너무나 오래 걸렸다고 했다. 올라네 식구는 아무 데도 가지 않고 집에 숨어 있다. 우리 반 친구 하나는 건물이 진동하는 걸 느꼈다. 또 다른 친구는 집에서 100미터 떨어진 곳에서 폭탄이 터졌고 그 바람에 창문이 흔들리는 걸 느꼈다.

그리고 이런 모든 이야기는 그저 지옥의 시작일
뿐이었다.

오후 12시 30분

할머니를 설득해 집에 잠깐 들르자고 했다. 집으
로 가서 얼른 씻고 점심을 먹었다. 이 모든 일을 기록하고
싶어서 일기장을 손에 들었다. 그림 그리고 싶을 때를 대
비한 종이와 연필, 노트북, 약간의 음식과 베개, 이불도
챙긴 후 다시 대피소로 돌아갔다.

오후 3시 20분

30분 후 항공기가 뜨고, 군부대가 진입하고, 폭격
이 있을 거라는 소문이 돈다.

오후 4시

아직 아무 일도 일어나지 않았다. 모두가 걱정스
러운 눈빛으로 서로를 바라보고 있다.

나는 햇살 가득한 날들을 당연하게 생각했다. 평
화로운 하늘은 그저 평범한 것에 지나지 않았다. 하지만
이젠 모든 게 달라졌다. 예전에는 어린아이들이 전쟁에

휘말렸다는 뉴스를 들어도 그게 얼마나 끔찍한지 결코 이해할 수 없었다. 다섯 시간을 지하에 갇혀 있고 난 지금은 모든 게 다르게 보인다. 끔찍한 고통과 함께 전쟁에 휘말렸다는 사실이 생생하게 느껴진다. 세상은 바뀌었다. 모든 것의 색이 달라졌다. 파란 하늘, 밝은 태양, 맑은 공기 같은 것들이 모두 너무 아름답게 느껴진다. 나는 이제 이 모든 것이 얼마나 소중한지 알게 됐다.

　　매시간 뉴스에 새로운 소문이 더해진다. 그때 믿었던 소문 중 하나는 나로 하여금 이 일기를 쓰는 일이 결국 시간 낭비가 되지 않을까 생각하게 했다. 러시아가 우크라이나에서 병력을 철수하고 하르키우는 러시아로부터의 독립을 지켜 냈다는 소식이었다. 하지만 바로 폭발과 포격이 이어졌기 때문에 그 뉴스는 곧 거짓으로 드러났다.

　　지금 내가 가진 의문은 오직 한 가지뿐이다. 밤은 어떤 모습일까? 전쟁 중엔 밤과 새벽이 가장 두려운 시간이라고 들었다. 어떤 일이 일어날지 전혀 예측할 수 없기 때문에 말이다. 지금으로서는 그저 지켜보는 수밖에 없다.

오후 4시 55분

전투가 벌어지는 중이다. 기관총이나 미사일로 싸우는 걸까? 알 수 없다. 사람들이 오래된 상자에서 판자들을 발견했다. 그 판자를 사용해 집에서 급히 가지고 나온 이불과 베개로 침대 비슷한 걸 만들었다.

누군가가 테이블과 의자 그리고 아이들을 진정시키기 위한 몇 가지 보드게임을 가져왔다.

지하실 양 끝에는 거리로 향하는 문이 두 군데 나 있지만, 밖에 나가기는 너무 무섭다. 아파트 한 블록 전체만큼의 길이인 지하실은 마치 기다란 터널 같다. 아저씨들이 화장실이 어딘지 알려 준다. 모두들 여기 꽤 오랫동안 머물게 될 거라는 사실을 알고 있다.

아저씨들이 밤에 문을 잠글 수 있도록 한쪽 문에 잠금장치를 만든다. 다른 쪽 문에도 잠금장치가 있나 살펴봤지만 없었다. 어른들이 문을 닫으려는 순간, 갑자기 친구 나디아가 문틈으로 달려 들어온다. 나디아는 나를 꽉 껴안고 나도 나디아를 진정시키려고 꽉 안아 준다. 나디아는 떨고 있다. 그 애는 거리에서 폭발음을 들었다.

오후 6시 40분

이제 어두워졌다. 바람을 쐬려고 밖으로 나가자, 사방이 꽤 조용하다. 나는 다시 지하로 돌아온다.

나디아와 가족들은 집으로 돌아가려 했지만 막 떠나려는 순간, 쾅, 폭격이다. 나디아네 식구는 그냥 꼼짝 않고 지하실에 머물기로 한다.

어른들 말에 따르면 최악의 상황은 아직 오지 않았다고 한다. 밤 10시부터 아침 6시까지 통행금지령이 내려졌다. 언제든 포격이 시작될 수 있으므로 아무도 지하 대피소를 떠나지 말라는 말도 들었다.

휴……. 오늘 밤 제대로 잘 수 있을지 모르겠다.

밤 9시

시간이 가는 게 이렇게 느리게 느껴진 건 처음이다. 지속적인 포격이 있다. 러시아가 우크라이나를 포위했다고 한다. 러시아는 하르키우가 항복하길 원한다. 또다시 포격. 공황 발작이 또 오려고 한다. 할머니 곁에 앉자 할머니가 나를 꼭 안아 준다. 우린 공포에 질렸다. 전시 상황이라 시에서 내일 전기와 수도를 끊어야 할지도 모른다는 소문이 돌지만, 우린 절망하지 않을 거다. 우리가 할 수 있는 건 기도뿐이다.

전쟁이 일어나고 처음 몇 시간 동안 아파트 지하실에서,
무슨 일이 벌어지는지 신경 쓰지 않으려 애쓰며
이웃 아이들과 카드 게임을 하는 나.

모두들 각자의 일에 집중한다. 자는 사람도 있고 (사실은 그냥 자는 척하는 것일 수도 있지만) 친구나 가족에게 전화를 걸어 이제 어떻게 해야 할지 논의하는 사람도 있다. 가장 최신 뉴스에 대해 말하는 사람도 있다. 노인들 중 몇 명은 한마디도 않고 의자에 웅크려 있다. 나를 포함한 아이들은 테이블 주변에 앉아 있다. 그림을 그리거나 카드놀이를 하는 아이들도 있고, 나는 다른 아이들과 도미노 게임을 한다. 다른 사람들은 그저 휴대폰만 들여다보고 있다.

할머니는 친구들이 잘 있는지 전화를 걸고 있다. 그리고 더 안전한 곳에서 그들과 합류할 수 있는지도 묻고 있다. 우리는 지금 포격 현장과 너무 가까운 곳에 있고, 포격이 더 심해질 수 있기 때문이다.

우린 활기찬 영혼을 가졌고 서로를 응원하기 때문에 낙담하지 않으려고 노력한다.

다른 나라들이 더 이상의 무기를 원조하는 대신, 무역 제재를 고려하고 있다는 소식이 들린다. 어떤 면에선 그게 최선인지도 모른다.

2022년 2월 25일

서방이 침략을 규탄하는 동안
러시아, 우크라이나에 포격을 가하다
〈뉴욕 타임스〉

젤렌스키 대통령, 국가 총동원령을 선언하다
〈키이우 포스트〉

러시아군이 가까워지자 키이우에서 들려오는 폭격음
〈워싱턴 포스트〉

푸틴의 침략
〈가디언〉

각국의 랜드마크가 우크라이나와의 연대를 상징하는
노란색과 파란색으로 바뀌다
〈인디펜던트〉

2번째 날

조용한 밤•안전을 위한 대피•
목숨보다 소중한 건 없다•거처가 바뀌다

그 후 밤은 조용했다. 포격도 없었다. 다들 잠든 것 같다. 나는 10시 반쯤 졸기 시작해 잠이 들었고, 아침 6시에 깼다.

할머니는 우리가 집에 휙 가서 뭘 먹고 얼른 씻고 돌아오면 안전할 거라고 생각한다. 그래도 5층은 안전하지 않기 때문에 집에 오래 머물 수는 없다.

아침 7시 30분
아침을 먹고 있다. 버터를 바른 빵과 차다. 탱크나 미사일이 있는지 자꾸 창밖을 내다보게 된다. 아무것도 없다.

아침 8시

짐을 쌌다. 폭격을 멈췄나? 생각하는 순간 폭발음이 들린다. 그렇다. 폭격은 멈추지 않았다.

우린 지하실로 달려 들어갔다. 무척 추웠다. 지하실 입구에 '대피소'라는 글자가 쓰여 있다.

놀랍게도 눈이 내린다. 앞으로 며칠간 눈이 내릴 거라고 한다.

또다시 폭격이 시작될 거라는 사실에 두렵지만 나는 아무 일도 없는 것처럼 걷는다. 고맙게도 조용한 아침이었다. 밤새 친구들에게서 도착한 단체 채팅방 메시지 180개를 화면을 죽죽 내리며 읽는다.

한 친구는 폭격 현장에서 너무 가까운 곳에 살아, 집이 폭격에 날아갈까 무서웠다는 메시지를 남겼다. 북동쪽 도시 수미[4]에서 어떤 일이 벌어졌는지 동영상을 올린 애도 있다. 도시 전체에 불이 난 것처럼 보였다. 어떤 친구들은 자정까지 안 자고 메시지를 주고받았다.

아침 8시 30분

탱크가 지나가는 소리를 들었다. 키이우(키예프) 방향으로 향하고 있었다. 엄청난 속도로 하늘을 가로지르는 비행물체를 본 것 같다. 미사일인 것 같다. 그게 뭘 격추시켰는지 아닌지는 아무도 모른다. 어쩌면 그냥 내 두려움이 만든 상상인지도 모른다.

아침 8시 40분

반 친구 마리나에게 전화가 왔다. 30분 안에 포격이 시작될 거라는 이모의 말을 듣고 내게 그 소식을 알려 주려고 전화를 한 것이다. 통화가 끝나고 30분 정도 잤다. 다행히 포격은 없었다.

그러고 나서 우리는 우크라이나 탱크와 병력 수송용 장갑차APC[5]들이 아파트 건물 사이에 서 있다는 걸 알게 됐다. 우린 우리가 결국 인간 방패로 쓰일까 봐 걱정한다. 할머니는 친구인 이나 아줌마에게 우리가 함께 지낼 수 있는지 묻기 위해 전화를 건다. 우리는 콜택시를 부르고 택시가 도착할 때까지 마치 영원처럼 느껴지는 시간을 기다린다.

마침내 택시가 도착했고 우린 이나 아줌마네 집으로 출발한다.

내가 할머니에게 "우리 물건들은요?"라고 묻자, 할머니는 "두고 가야 해. 우리 목숨이 더 소중하니까!"

라고 대답한다.

　　나는 친구들을 떠났다.

　　고통스럽다.

　　하지만 살아남기 위해선 어쩔 수 없다. 무슨 일이 있어도 우리는 스스로를 구해야 한다.

　　차창 너머 하르키우는 모든 게 이상하리만큼 평소와 똑같다. 약국과 슈퍼마켓 앞마다 사람들이 길게 늘어서 있는 걸 제외하고는 말이다. 적어도 지금은 상점 근처에 군인이 서 있지는 않다.

　　차를 타고 가는 동안 고장 난 군인 수송 차량이 길에 서 있는 게 보인다. 그 뒤에도 우크라이나 군인들이 타고 있는 차를 한 대 더 본다. "대체 저들은 여기를 왜 지나다니는 거죠?" 내가 묻는다. 평범한 도로에서 군인을 보는 일은 너무 이상하게 느껴졌다.

　　"걱정하지 않으려고 노력해 보렴." 할머니가 대답한다.

　　30분쯤 후, 우리는 하르키우의 서쪽 끝 노바 바바리야에 있는 이나 아줌마의 집에 도착한다. 작고 아늑한 귀여운 집이다. 여기도 포격이 있었지만 많지는 않았는데, 이곳의 지대가 조금 더 높아서 폭발음의 메아리가 조금 더 울린다.

널찍한 부엌 한가운데에는 커다란 식탁이 놓여 있다. 방은 세 개인데 할머니와 나는 침대로 쓸 접이식 소파가 있는 방에서 묵기로 했다. 방 안이 조금 추워서 우린 이불로 창문을 가렸다.

현관 근처엔 작은 나무 화덕이 있고, 테라스 밖에는 지하 창고로 이어지는 문이 나 있다.

이나 아줌마의 부엌에는 진짜 조개껍질이 붙어 있는 커다란 바다 그림이 있다. 아직 완성되지는 않았다. 내가 그림을 그린다는 걸 알게 된 이나 아줌마가 그 그림을 끝내 보는 게 어떻겠느냐고 했고, 나는 그러겠다고 했다. 멀리서 들려오는 포격음을 잊기에 좋은 방법인 것 같았다. 갑자기 그 그림 위에 천사를 그리고 싶다는 아이디어가 떠올라 이나 아줌마에게 나무판자 시트도 달라고 했다. 유명한 화가인 합츤스카[6] 스타일로 그릴 생각이다.

겨우 한 시간 전에 떠난 동네 쪽 상황에 대해선 아예 떠올리지 않는 게 최선이다.

내 친구 리타와 리타의 엄마는 우리에게서 시내 상황이 조금 조용해졌다는 소식을 듣고 피소친[7]으로 차를 몰고 가려고 했다. 리타네 가족은 물건을 가지러 집에 갔지만 운이 없었다. 전보다 더 심한 포격이 시작된 것이다. 군인들, 탱크, 폭탄, 폭발들……. 그들이 떠나기엔 너무 늦었다. 모두가 공포에 질려 가장 가까운 지하실로 달려가고 있었다. 나와 할머니는 이제 동네에 남은 사람들만큼 위험한 상황은 아니다. 다음엔 무슨 일이 일어날까. 친구들은 살아남을 수 있을까……. 우리의 집과 고향은? 누구도 장담할 수 없다.

하르키우 거리에서 커다란 폭탄들이 발견됐다.

물과 전기를 끊을 거라는 소문은 다행히 사실이 아닌 것으로 드러났다.

오후 1시 30분

전투기가 러시아 쿠르스크에서 출발했다는 뉴스가 나왔지만 그게 어디로 향했는지는 아무도 모른다. 가능성 중 하나는, 우크라이나 수도 키이우로 향한다는 거다.

하르키우 지하 대피소에 휴대폰 충전기를 두고 온 사실을 막 깨달았다. 전화기 배터리가 얼마 안 남았다. 먹을 것도 별로 남아 있지 않다. 다행히 이나 아줌마에게 충전기를 빌려서 적어도 배터리 걱정은 안 해도 된다.

이나 아줌마의 부엌에서 바닷가 벽화를 그리며,
마음을 진정시키려 애쓰는 나.

단체 채팅방에 계속 메시지가 뜬다. 폴리나는 하르키우 북동쪽 흐바르디치우–시로닌치우 거리에 탱크가 전진했다는 메시지를 보내왔다. 할머니와 이나 아줌마에게 이 소식을 들려주자 "걱정하지 마, 우리가 할 수 있는 건 아무것도 없어. 이미 일어난 일일 뿐이야"라는 답만 돌아온다.

　　우린 무서워하지 않기로 한다.

　　우리 학교에서 겨우 200미터 떨어진 곳에서 탱크가 포탄을 발사하고 있었다는 소식을 들었다. 학교 친구 미론은 신선한 공기를 쐬려고 지하 대피소에서 나왔다. 갑자기 붉은 빛이 비치더니 미사일과 기관총 포격음이 들렸다. 미론은 곧바로 지하로 도망쳤다. 디야나는 하르키우 북동쪽에 있는 우리 동네에서 길 건너편에 자리한 벨르카 다늘리우카의 집 안에 꼼짝 않고 갇힌 채 이런 일이 벌어지는 걸 보고 있다.

　　이웃 동네인 북살티우카[8]는 말 그대로 사라지고 있다. 끔찍하다. 내가 놀던 작은 거리들, 작은 운동장들, 내가 가장 좋아하는 피자집 그리고 학교까지! 모두 정말 아름다운 곳들이었다. 어떻게 이런 일이 일어날 수 있는 걸까? 도대체 무엇 때문에? 나탈리이 우즈비이 거리에 있는 높은 아파트 건물들은 미사일로 폭파됐다. 난 그 건물들을 봤다―우리가 이나 아줌마에게 출발할 때까지만 해도 그 건물들은 멀쩡했다. 소름이 돋았다. 우리가 있는 노바 바바리야는 고요하지만 북살티우카는 아니다. 2주간 휴교령이 내려졌다. 하……. 전혀 휴가 같지가 않다.

그리고 좀 더 가벼운 뉴스도 있다. 나무를 넣고 때는 버너를 구했고 나는 불을 지피는 일을 맡았다. 상황이 아무리 나빠져도 난 긍정적으로 생각하는 게 중요하다고 되뇌고 있다. 지금은 그냥 난로 속에서 나무가 타는 모습을 바라보며 즐기려고 한다. 나와 할머니는 서로의 옆에 기대앉는다. 함께 있을 땐 두렵지 않다.

우리가 숨을 창고가 어떤 곳인지 궁금하다. 문을 열고 계단 아래로 두 발짝 내려간다. 앞에 하나 더 나 있는 문을 연다. 그 너머로는 엄청 깊은 창고가 있다. 여기라면 안전할 거라는 확신이 든다.

저녁 7시

밖이 어두워지고 있다. 포격이 있었다. 지하실로 대피하라는 신호인가 싶다.

저녁 7시 15분

폭발음이 커지고 있다. 러시아군이 그래드 시스템[9]을 쓸 거라 생각하지만, 그 무기의 정확도는 아직 알려지지 않았다.

내 친구 디야나와 톨야가 사는 벨르카 다늘리우카 근처에 심한 포격이 이어지고 있다. 친구들이 잘 버티고 있기를 바란다.

이나 아줌마는 폭발음을 듣고 폭발물이 어디 떨어질지 예측 중이다. 아줌마는 포격 소리가 먼 곳에서 들린다며 할머니를 진정시키려 한다.

저녁을 먹고 난 뒤 분위기는 조금 더 누그러진다. 우린 이야기를 나눈다. 내가 게임인 마인크래프트 Minecraft에 대한 유튜브 영상을 보는 동안, 뉴스에서 정부는 시민들에게 무기를 들고 전투에 참여하라고 말한다.

저녁 7시 50분

밖은 몹시 어둡다. 어둠 중에서도 가장 깜깜한 어둠이다. 밖에 나가긴 너무 무섭다. 이나 아줌마의 친구가 와서 우린 다 같이 어울려 이야기를 나눈다.

뉴스를 틀어 봤자 공포감만 들어서 틀지 않는다.

아직도 심장이 심하게 두근거리지만 진정하려고 애쓰고 있다. 작은 화덕에서 나오는 열기 덕분에 점점 졸음이 쏟아진다.

밤 9시

화덕의 불이 꺼지자 이나 아줌마가 따뜻한 거실로 나를 부른다. 나는 편안한 안락의자에 앉아 기댄다. 긴장이 조금씩 풀리자, 지난 며칠간 있었던 끔찍한 일들을 잠깐이나마 잊는다. 다 같이 기도를 올린 후 이나 아줌마는 자러 들어간다. 사방이 고요하다. 고요한 밤을 기대한다. 예전의 밤들이 그랬던 것처럼.

밤 10시

더는 눈을 뜨고 있기 힘들다. 잠들 때까지 그렇게 오래 걸리지 않을 것 같다.

2022년 2월 26일

벼랑 끝의 키이우
〈가디언〉

젤렌스키 우크라이나 대통령,
'전쟁의 거리, 폐허가 된 도시에서 영웅이 탄생하다'
〈워싱턴 포스트〉

하르키우의 아파트 건물에 가해진 포격에
민간인 한 명 사망
CNN

우린 두렵지 않다
〈데일리 미러〉

'푸틴 멈춰, 러시아 멈춰!'
우크라이나와 연대하는 집회, 전 세계 곳곳에서 열리다
〈데일리 텔레그래프〉

3번째 날

최악은 지났는가•가슴 깊은 절망•
삶은 계속된다•잠 못 드는 저녁

아침 7시 40분

벽에 기대고 있는데, 흔들리는 게 느껴진다. 너무 끔찍하다.

"러시아군이 즈미미우[10]를 폭격하는 것 같아." 이나 아줌마가 말한다.

아침 8시

듣기로는 원래 전쟁의 처음 이틀이 가장 힘들다는데, 우리는 벌써 3일째 아침이다.

이나 아줌마는 가게에 갔다가 두 시간 후 돌아온다. 식료품값이 올랐고 모든 게 비싸졌다. 어떤 건 아예 살 수도 없을 정도로 비싸졌다. 이나 아줌마가 간 가게는 원래 매일 아침 신선한 빵을 준비했지만 이젠 모든 사람이 이용할 만큼 충분치 않다. 이나 아줌마는 모든 사람이 보드카를 사고 있다고 말한다.

리타네 가족처럼 하르키우에 남는 대신에 어제 동네를 떠난 게 옳은 판단이었다는 생각이 들기 시작한다. 우리의 목숨이 옷 몇 벌이나 집보다도 중요하다. 물건을 챙기지 못했거나 집을 떠나왔다는 사실은 중요하지 않다. 언젠간 다시 돌아갈 수 있을 테니까. 매일매일 나는 삶이 전쟁 중에서도 계속된다는 걸 알아 가는 중이다. 우린 머지않아 전쟁이 끝날 거라는 희망을 꽉 붙들고 있다.

러시아군은 공항을 폭격했다. 공항은 여기서 꽤 멀지만 우린 그 소리를 아주 잘 들을 수 있다. 내가 이곳 노바 바바리야에서 그 소릴 들을 수 있다면, 더 가까운 곳에서는 어떻게 들릴지 상상조차 할 수 없다. 한편, 공항을 재건하려면 몇 년이나 걸릴지 상상해 보지 않을 수 없다. 아무도 알 수 없는 일이다.

어젯밤 우린 노바 바바리야에서는 처음으로 우크라이나 군용차가 지나가는 소리를 들은 것 같다.

나는 올렉시 포타펜코[11]가 인스타그램 스토리에

올린 글을 봤다. 나는 그 글을 '진심 어린 호소'라고 부르
겠다.

　　"왜 우크라이나 언론 중 어느 곳도 샤스탸[12](루한
스크 오블라스티[13])에서 벌어지는 생지옥을 보도하지 않는
가. 그곳 사람들은 폐허 속에 살고 있다! 우크라이나 시
민들은 당장 대피해야 한다! 왜 모두가 침묵하는가? 왜
누구도 나서지 않는가? 어떻게 자국민을 이렇게 대할 수
있는 것인가? 가능한 한 많은 사람들에게 이 사실이 알려
져서 모두가 어떤 일이라도 시작할 수 있게끔 해야 한다.
대피를 돕는 것이든, 뭐든 말이다!"

　　어제 우리가 들은 폭발음은 도시 순환 도로에서
일어난 폭격이라고 한다. 우크라이나 탱크가 피소친과
비소키 마을 근처에서 러시아 탱크를 격파했다. 피소친
에는 키이우로 향하는 길이 있고, 비소키는 드니프로[14]로
향하는 길에 있다. 러시아 탱크가 키이우로 향했지만, 우
리 군이 그걸 막은 것이다.

　　오후 1시

엄청난 폭발음의 연속이다. 내가 들은 것 중 가장 큰 소리는 아니지만 그럼에도 두렵긴 마찬가지다. 정부가 통행금지 시간을 또 바꿨다. 앞으로는 저녁 6시부터 아침 6시까지 밖에 나갈 수 없다.

뉴스에선 벌써 러시아군 3,000명이 죽거나 다쳤지만 러시아 방송에서 이에 대해 언급하지 않고 있다고 말한다.

나는 하르키우가 얼마나 아름다운 도시인지(혹은 도시였는지) 생각하고 있었다. 그렇게 완벽한 곳을 만들기 위해 얼마나 많은 시간과 돈이 들었을지 말이다. 그런데 그 모든 게 한순간에 지옥으로 변했다!

민간인에 대한 러시아군의 포격은 전쟁 초반보다 더 늘었다.

요시프 할아버지는 거리를 산책했다고 말했다. 우리는 놀랐다. 전쟁이 일어나고 있는데 할아버진 그냥 산책을 나간 거다!

벨르카 다늘리우카에 남은 톨야의 상황은 더 나빠지는 중이다. 그곳의 포격은 더 심해졌다. 미론의 아빠 친구가 사는 건물 앞마당엔 미사일이 떨어져 있다. 무섭다. 우리에게도 여전히 포격 소리가 들리지만 그나마 먼 곳에서 들려온다.

리타와 리타의 엄마는 베즐류디우카로 가는 기차를 타기로 했다. 이 글을 쓰는 지금, 그들은 프로스펙트 하하리나 지하철역에 있다. 사람이 엄청나게 많다고 한다. 그들이 지하철역으로 내려가는 도중, 뒤에서 미사일이 빗발쳤다. 다행히 아무도 다치지는 않았다.

우리 동네는 어떤 상황이냐면, 친구들이 말하길 건물이 흔들린다고 한다. 내 가슴은 두려움으로 가득 차 있다. 앞으로 무슨 일이 벌어질지 아무도 모른다.

오후 3시 10분

심한 폭격 중이다. 당분간 여기에서 지내게 될지도 모를 걸 대비하여 창고 안을 정리했다. 내 주위에는 온갖 물건으로 가득 찬 유리병이 담긴 상자들이 있다. 라즈베리와 살구잼을 비롯해 절인 토마토와 오이까지. 할머니와 이나 아줌마가 창고 안으로 벤치를 가져오고 나는 그 위로 코트를 몇 벌 던져 놓는다. 작은 공간이라 그렇게 춥지 않다. 창고를 정리한 후, 우리는 집으로 다시 올라간다.

오후 3시 55분

8킬로미터쯤 떨어진 곳에서 두 차례 갑작스러운 폭격이 이어진다. 우린 바로 창고로 달려간다. 지금은 다시 조용해졌다. 창고 안에서 계속 기도만 한다. 두려움이 우리를 가득 메운다. 우린 희망하고 기도한다. 그게 우리가 할 수 있는 전부다.

해가 진다. 우린 평화를 원한다. 예전에 가졌던 꿈이나 중요하게 생각했던 것들이 뭐였는지 우리는 이제 기억하지 못한다. 예전에 했던 말다툼이나 골머리를 썩던 문제들도 기억나지 않는다. 과거에 품었던 그런 고민은 더는 중요하지 않다. 전쟁 중엔 단 하나의 목표만이 남는다. 살아남는 것. 힘들고 어려웠던 모든 일이 사소해진다. 사랑하는 사람들의 목숨이 걱정되고, 일상은 쾅, 하는 소리에 망가진다. 마음을 움켜쥔 공포를 억지로 숨긴 채, 나와 거리가 먼 곳에 로켓이 떨어지면 다행이라고 생각하기 시작한다. 신에게 평화를 달라고 요구하며 하루 종일 기도한다. 삶의 매분, 매초에 절실하게 매달린다.

할머니와 나는 친구들이 잘 있는지 확인하기 위해

계속 전화를 건다. 그리고 러시아가 우크라이나 전역에 포격을 가하고 있다는 걸 알게 된다. 전면전이 시작됐다는 뉴스가 나온다. '전면전'이라는 단어가 끔찍하게 느껴진다. 그 단어는 인간의 영혼에 공포를 불어넣는다. 내 영혼은 고통에 비명을 지른다. 하지만 계속 살아가야 한다. 안전하게 버티고, 전쟁이 곧 끝나서 우리에게 평화가 찾아올 거라는 희망을 버리지 않아야 한다.

마음을 가라앉히기 위해 뭐라도 먹고 싶지만, 그보다 이게 전부 끔찍한 악몽이고 이 악몽에서 깨어나길 바랄 뿐이다.

오후 5시 40분

밖은 이제 어둡다. 할머니의 친구 넬야 할머니에게서 전화가 왔다. 유치원 근처에 우크라이나 탱크가 정차해 계속해서 뭔가를 쏜다고 한다. 그러고 나서 학교 선생님에게 전화가 온다. 선생님이 끔찍한 소식을 전한다.

"가까운 주유소에 불이 났었어. 우리가 숨어 있던 데도 다른 주유소의 지하였기 때문에 그곳은 더는 안전하지 않다는 걸 깨달았지. 그래서 우린 학교 지하실로 도망가기로 했어. 달려가는 도중 우리 바로 위로 미사일이

날아다녔단다. 정말이지 죽자 사자 뛰었어. 다행히 아무
도 다치지 않고 도착할 수 있었지만.”

선생님 말에 등골이 서늘했다. 내가 가장 좋아하
는 선생님이다.

저녁 6시 57분

이나 아줌마가 저녁으로 자피칸카[15]를 만들어서
할머니와 나는 라즈베리잼과 민트차를 곁들여 먹었다.
조금 진정이 됐지만, 그 뒤로 더 많은 폭발이 이어졌다.
도시 순환 도로에서 러시아군에게 폭격을 가하는 아군이
라고 들었다. 항공기와 미사일에서 끊임없이 소음이 들
려온다. 어제 이 시간은 사방이 조용했는데 오늘 밤은 귀
가 먹을 것 같다.

소식에 따르면 하르키우에서 공작원들이 잡혔다
고 한다. 그들은 하르키우 거리에 폭발물을 설치하려 했
다.[16]

오늘 밤은 일기를 쓰면서도 희망이 잘 안 느껴진다.

포격이 잦아들자 이나 아줌마가 자기 방으로 나를
불렀다. 창문이 하나 달린 작은 공간이지만 이 집에서 가
장 안전한 방이다. 아줌마가 노란색 야간 조명을 켰다. 항

공기의 눈에 띄지 않기 위해 집 안 나머지 불들은 꺼둔 상태였다. 나는 아침까지 모든 게 고요하기를 기도했다.

바로 그 순간 순환 도로에서 폭격이 시작됐고, 순식간에 전투기가 날아다녔다. 나는 진정하려고 최선을 다해 애썼지만 결국 공황 발작이 오고 말았다. 숨 쉬기가 힘들었고 가슴이 으스러지는 것 같았다.

러시아군은 폭탄을 떨어뜨리고 있고, 우린 앉아 있다. 누워 있는 게 차라리 더 안전하겠다는 생각이 들었다. 폭격이 먼 곳에서 일어나고 있었는데도 할머니는 창을 통해 탐조등이 새어 들어오는 걸 발견했고, 어서 창고로 내려가자고 했다. 나는 할머니와 창고로 이동했다.

저녁 7시

우린 창고로 내려와 차를 마시고 있다. 이나 아줌마는 창고로 오지 않겠다고 했다. 금세 조용해졌고, 혹시라도 집이 폭발로 무너지면 아무도 모른 채 지하에 갇히게 될 거라는 이유에서였다.

나는 이나 아줌마에게 이 상황에 대해 글을 쓸 수 있도록 일기장을 가져다 달라고 부탁했다. 포격이 조금 잠잠해져서 진정하고 있다.

이나 아줌마네 집 침대에서, 절망감을 느끼며.

그건 그렇고, 리타와 리타의 엄마는 기차를 타는데 성공했고 이제 안전하다.

나는 창고에 앉아 휴대폰 불빛을 이용해 일기를 쓰고 있다.

북살티우카에는 로켓탄이 빗발치고 있다.

조용해지면 창고 밖으로 나가 자러 갈 거다.

2022년 2월 27일

푸틴, 3차 대전으로 이어질 수 있는
의도적인 결정을 내리다
〈디벨트〉

러시아, 우크라이나 영공과 연료 시설을 연이어 공격
〈아이리시 타임스〉

테러가 거리를 뒤덮다
〈선데이 타임스〉

"말 그대로 처참하다"
우크라이나 전쟁에 휘말린 아이들
〈가디언〉

난민들을 환영하라
〈인디펜던트〉

4번째 날

다사다난했던 밤•북살티우카의 비극•
두렵지만 용기를 내야 해

자다가 8시에 깼다. 이젠 아침 8시도 늦은 시간처럼 느껴진다. 침대 위에서 뒹굴거리고 있자 몸 위로 햇빛이 쏟아졌다. 밝은 광선이 얼굴에 내리쬤다. 마치 어떤 신호처럼 느껴졌다. 밖으로 나가 햇빛을 즐기고 싶었다. 하지만 그때 바로 기억을 스치는 일이 있었다.

어젯밤, 내가 있는 데서 먼 곳이긴 했지만 다른 때보다 특히 심한 폭격이 있었다. 그 일이 벌어지는 동안 난 세상모르고 잠들어 있었다. 이 모든 폭발음을 듣는 일에 너무 지친 나머지 무의식중에 신경을 끈 게 틀림없다. 벨르카 다늘리우카에는 불이 났다. 북살티우카는 그래드 미사일로 공격받았다. 밤늦게까지 포격이 가해진 것은 이번이 처음이었다.

친구 올라와 연락이 닿았다. 올라는 자신에게 일어난 일을 들려주었다. 올라네 집 근처 유치원 지붕이 날아갔다. 한 건물은 입구가 폭발로 파괴됐고 어떤 남자와 여자가 파편에 등을 맞았다. 한 시간이나 지나 도착한 구급차는 그들을 이송하는 걸 거부했지만, 결국은 병원을 향해 출발했다.

올라와 올라의 가족은 장을 보기 위해 이쿼터몰에 줄을 서서 기다렸지만 그들이 계산대에 거의 다다랐을 때 전기가 나갔다. 올라네는 장을 보는 데 실패했음에도 오늘 다시 시도할 거라고 한다.

오전 10시

물이 동나서 샘에 가기로 했다. 거리는 마치 텅 빈 것 같았지만 몇몇 사람을 마주치기는 했다. 폭발이 있었으나 먼 곳에서였다. 우리는 물을 좀 가져왔다. 이나 아줌마가 정원을 구경시켜 줬다. 아줌마는 과일나무를 키우는데 라즈베리 덤불과 블랙커런트 덤불 그리고 작은 딸기밭도 있었다. 이나 아줌마가 내게 꽃을 어디에 심을지 말하려는 순간, 쾅! 하고 두 번의 폭발음이 아주 가까이

서 들렸다! 할머니와 난 창고로 도망치듯 몸을 피했다. 이나 아줌마는 위층에 머물렀지만 말이다.

요시프 할아버지는 끔찍한 장면을 사진 찍어 우리에게 보냈다. 어떤 가게 바로 앞에 폭탄이 떨어져 있었는데 무려 2미터 정도나 되는 길이였다. 장전된 폭탄은 아니었고 단지 표지물[17]이었다. 시내에는 러시아 탱크가 머물고 있다.

우린 창고 밖으로 나갔지만, 15분 후 더 시끄러워졌기 때문에 나는 다시 창고로 돌아갔다.

이곳 이웃들과 함께 지내는 우리는 운이 좋다. 그들은 우리를 보살피고 우리도 그들을 살핀다. 그들은 우리에게 먹을 것을 가져다준다. 우린 낮 동안 몇 차례나 창고에 내려갔다.

저녁 6시가 되자 밖은 완전히 어두워진다. 하루하루가 지날수록 밤이 점점 더 싫어진다. 해가 지평선 아래로 사라지는 게 싫지만 슬프게도 그건 내가 어떻게 할 수 있는 일이 아니다. 알 수 없는 것들로 가득 찬 저녁은 두려움에 사로잡힌 나를 삼킨다.

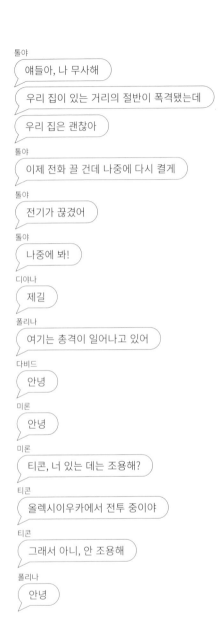

톨야
> 얘들아, 나 무사해

> 우리 집이 있는 거리의 절반이 폭격됐는데

> 우리 집은 괜찮아

톨야
> 이제 전화 끌 건데 나중에 다시 켤게

톨야
> 전기가 끊겼어

톨야
> 나중에 봐!

디아나
> 제길

폴리나
> 여기는 총격이 일어나고 있어

다비드
> 안녕

미론
> 안녕

미론
> 티콘, 너 있는 데는 조용해?

티콘
> 올렉시이우카에서 전투 중이야

티콘
> 그래서 아니, 안 조용해

폴리나
> 안녕

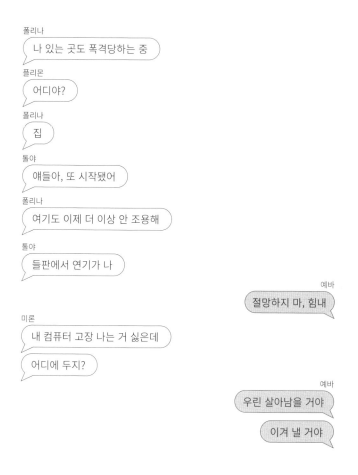

폴리나
나 있는 곳도 폭격당하는 중

플리몬
어디야?

폴리나
집

톨야
얘들아, 또 시작됐어

폴리나
여기도 이제 더 이상 안 조용해

톨야
들판에서 연기가 나

예바
절망하지 마, 힘내

미론
내 컴퓨터 고장 나는 거 싫은데

어디에 두지?

예바
우린 살아남을 거야

이겨 낼 거야

밤 9시 30분

우리가 있는 곳은 조용해졌고, 이제 비로소 진정된 기분이 든다. 반 친구 키릴로에게 무지 고맙다! 키릴로는 단체 채팅방에 웃긴 영상들을 올린다. 우스꽝스러운 카메라 필터로 자기 얼굴을 찍은 영상들 말이다. 너무 심하게 웃어서 방금 침대에서 떨어질 뻔했다. 배가 아플 지경이다.

2022년 2월 28일

푸틴, '핵 위협' 카드를 꺼내다
〈데일리 텔레그래프〉

350명 이상의 민간인이 희생되다
〈뉴욕 타임스〉

국경을 향한 빠른 움직임
〈선데이 타임스〉

"우리 말고 누가 하겠는가"
우크라이나 시민들, 무기를 들다
〈아이리시 타임스〉

우크라이나로 몰려드는
군사 및 인도적 구호 활동
〈키이우 포스트〉

5번째 날

예상 밖의 시작•
음식과 약을 가져오기 위한 시도

새벽 3시에 잠에서 깼다. 다시 잠들려는 찰나, 전투기들이 폭탄을 떨어뜨리기 시작했다. 불안이 나를 잠식하는 게 느껴진다. 폭격이 있을 때마다 몸에 소름이 돋는다. 이나 아줌마가 나와 할머니에게 창고에 내려가라고 말하면서, 이번엔 자기도 같이 머물겠다고 했다. 우린 창고로 내려가 꼼짝 않고 있었다. 이나 아줌마가 우리와 함께 내려올 정도라니, 밖은 얼마나 위험한지 상상할 수조차 없다. 창고에서 잠을 조금 청했다. 통행금지 시간이 또 바뀌었다. 이제는 오후 3시부터 아침 6시까지 나갈 수 없다.

아침 8시

잦아진 폭격. 하지만 먼 곳에서 일어나는 폭격인 것 같다.

할머니의 친구에게 전화가 왔다. 비소키 마을이 파괴됐지만, 개 한 마리를 제외하고 부상자는 없다고 한다. 우리가 조금 전에 들은 폭격이 비소키 마을의 폭격이라는 사실을 알게 됐다.

그 후, 할머니랑 이나 아줌마가 가게에 가서 음식을 사려고 했지만 실패했다.

할머니는 이렇게 말했다. "줄을 서 있는데 너무 무서웠어. 어제 물을 구하러 갔을 때보다 폭격이 더 심했거든. 사람들은 이제 적응해서 여전히 음식을 사려고 줄을 서 있단다. 약간의 먹을거리라도 얻기 위해 극심한 폭격 한가운데에서 줄을 설 준비가 돼 있는 거야."

지나 할머니에게서 연락이 왔다. 할머니는 어제 통행금지 시간에 약국에 가려고 했다. 할머니는 요시프 할아버지에게 같이 가 달라고 했지만, 가장 가까운 약국도 닫혀 있었다. 할머니는 헤로이우 프라치의 또 다른 약국으로 가자고 했다. 집이 폭격을 당해도 할머니는 보아뱀처럼 꼼짝하지 않겠지.[18] 할아버지는 통행금지가 엄격하고 밖은 안전하지 않기 때문에 나가지 말자고 했다. 단지 약을 사려 하는 사람들에게 왜 폭격을 가하는 걸까?

오늘 러시아 연방과 우크라이나 양측 협상단 사이에서 협상이 이루어질 것이다. 오후에 아파트 여러 채가 파괴됐다. 사고에 따른 사상자도 발생했다. 하지만 시신들은 방치돼 있다. 민간인들이 아무 데서나 폭격당하고 있다.

우리 아파트 옆에는 주차장이 있는데, 그 뒤의 건물들도 폭격당했다.

폴리나
여기 폭격당하는 중

나디아
여기도 완전 가루가 되고 있어

폴리나
소리가 너무 커

나디아
소리 때문에 귀가 먹을 것 같아

예바
우리 할머니 차고 바로 뒤가 폭격을 맞았어

바로 오늘

폴리나
우린 지금 폭격당하는 중

폴리나
너무 무서워

나디아
무서워하지 마

나디아
내가 하는 방법대로 해 봐

난 음악을 들어

저녁 6시

이제 어둡다. 날이 갈수록 밤이 싫어진다.

2022년 3월 1일

러시아 로켓, 하르키우를 맹공격하다
〈파이낸셜 타임스〉

회담이 끝나자 공격이 심해지다
〈월스트리트 저널〉

푸틴, 전쟁범죄로 기소되다
〈이브닝 스탠더드〉

"누구도 우리를 꺾을 수 없다"
젤렌스키, EU 의회에서 연설하다
〈아이리시 타임스〉

북아일랜드에서 우크라이나 구호 활동을 위한
기부 물결 이어져
〈인디펜던트〉

6번째 날

아름다운 꿈•끔찍한 뉴스•
우리 집이 파괴되다•맹공습의 날

어젯밤엔 아름다운 꿈을 꿨다. 학교에 관한 꿈이었는데, 가장 의미심장했던 건 평화로운 하늘이었다. 난 친구들과 자유롭게 뛰어다녔다. 평화로운 시절로 돌아간 것 같았다.

상황이 지금 같지 않았다면 좋았을 거다. 폭발음이 너무 지겹다. 모든 게 평화로웠던 때의 소리들을 너무나 듣고 싶다. 새들이 지저귀는 소리, 빗소리 같은 것 말이다. 전쟁이 일어나기 전엔 모든 게 완벽했다. 예전으로 돌아가고 싶다.

아침 6시에 있었던 폭격은 장난이 아니었지만, 지금은 조용해진 것 같다. 그런데도 어른들은 폭격에 유리

창이 날아갈 걸 대비해 창문에 스카치테이프를 붙이고 있다.

하늘엔 전투기가 날아다닌다. 조금 전 자유광장이 단 한 발의 미사일로 파괴됐다. 폭탄이 폭발하는 모습이 담긴 영상도 있다. 영상 속에는 차가 두 대가 나오는데, 그중 한 대는 옆으로 뒤집히고 사람들이 차에서 뛰쳐나온다. 현장에서 두 사람이 더 달아난다. 동물원, 데르즈프롬, 고리키 공원, 대학과 오페라하우스 그리고 교향악단도 폭탄에 맞았다고 한다.

모든 일이 너무나 엄청난 속도로 벌어지고 있다.

오전 10시

빗발치는 포격에도 불구하고 이나 아줌마는 식료품을 사러 나갔고, 이번엔 물건을 사는 데 성공했다.

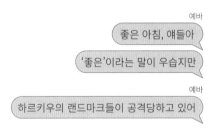

자유광장도 폭격당했어

오흐티르카[19]도 진공 폭탄[20]에 맞았어

레일라

미쳤네

키릴로

진공 폭탄?

너가 만든 새로운 단어냐?

티콘

지금 막 배운 단어인가 봐

예바

너흰 이런 상황에서 농담이 나오니?

무슨 일이 벌어지고 있는지 안 보여?

레일라

신경 쓰지 마, 예바

쟤네 그냥 바보들이야

예바

고마워, 레일라

예바

그건 그렇고,

자유광장 어떻게 됐는지 봤어?

티콘

완파됨

레일라

맞아

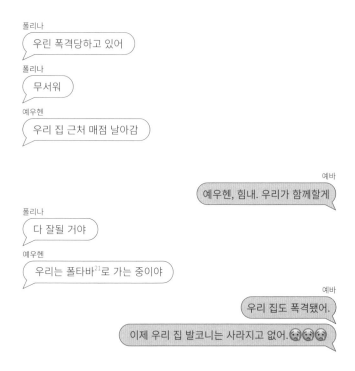

폴리나
우린 폭격당하고 있어

폴리나
무서워

예우헨
우리 집 근처 매점 날아감

예바
예우헨, 힘내. 우리가 함께할게

폴리나
다 잘될 거야

예우헨
우리는 폴타바[21]로 가는 중이야

예바
우리 집도 폭격됐어.

이제 우리 집 발코니는 사라지고 없어.😳😳😳

오후 12시

끔찍한 소식을 들었다. 우리 집 부엌이 미사일에 맞았다는 전화를 받은 것이다. 아파트 밖에 구조대가 와 있다고 한다.

구조대원들에 따르면, 이 모든 일을 일으킨 미사일은 집속탄[22]의 자탄[23]이었다(제네바 협약에서 금지된 무기다[24]). 대원들은 얼른 집 안으로 들어가 건물 전체를 파괴할 위협이 될 만한 잔여 자탄이 있는지 확인해야 한다.

할머니는 우리 집 열쇠를 그쪽으로 가져다줄 사람을 찾느라 여기저기 전화를 걸었지만 누구도 도와줄 처지가 아니었다. 결국 구조대원들은 문을 부수고 들어가야 했다. 다행히 자탄은 없었으나 부엌은 산산조각이 나 있었고 복도는 잔해로 가득 차 있었다.

마음이 너무 아프다. 그 집은 내가 어린 시절을 보낸 곳이다. 내 집을 공격하는 건 내 일부를 공격하는 것과 똑같다. 심장이 짓밟힌 기분이다.

수많은 추억이 가득한 곳이었다! 우리의 이탈리아제 가구들, 예쁜 그릇과 접시들, 유리로 된 테이블……. 그 모든 추억이 산산조각 났다. 넘쳐 흐르는 눈물은 내 슬픔의 일부일 뿐이다. 물건들 자체는 중요하지 않다. 담고 있던 추억에 비하면 물건들 자체는 중요하지 않다. 내 어린 시절을 보낸 곳이 완전히 붕괴된 것이다!

건물엔 남은 부분이 별로 없다. 왜 아무도 신경 쓰지 않을까? 왜? 전쟁터에서 싸우는 것보다 도시에서, 매일 뭔가를 파괴하는 게 낫다는 말인가. 하르키우는 조금씩 조금씩 파괴되고 있다.

우리 집에 벌어진 일에 대해 더 자세히 알고 싶다

면 이 글을 계속 읽어도 좋다―우린 세세한 사항까지 전해 들었다. 발코니, 부엌 그리고 그 안으로 이어지는 복도 일부가 모두 파괴됐다. 회벽 조각, 깨진 유리가 복도에 가득하다. 내 방 창문은 날아갔지만 방 자체는 온전한 것 같다. 거실과 거실 창문도 멀쩡하다. 현관은 어차피 너무 심하게 부서져서 할머니한테 열쇠를 넘겼다 하더라도 대원들이 집 안으로 들어가는 데 큰 도움이 되지 않았을 거다. 구조대원들은 최선을 다해 현관문을 닫고 테이프로 붙여 두었다. 문이 제대로 잠길 수 있도록 용접하고 싶다. 전쟁이 끝나면 우리 집은 조금이라도 남아 있을까?

저녁 7시

오늘은 끝임없이 공중전이 있었다. 여느 때처럼 밖이 어두워지자 이나 아줌마의 친구가 집으로 돌아갔다. 부엌에서 차를 끓이던 할머니는 갑자기 엄청난 크기의 드론을 목격했다. 드론의 불빛이 번쩍였고 집 가까이에서 너무 낮게 날아서 할머니는 얼른 바닥에 엎드렸다. 나와 이나 아줌마는 방에서 그 소리를 들었다. 소리가 이상해서 처음엔 전투기가 아닌 줄 알았다. 나와 아줌마는 바닥에 엎드렸다. 이번엔 지하로 급히 숨지 않았다. 집이

미사일에 맞은 우리 집.
나는 충격에 휩싸였다.

폭파되면 아무도 지하에 있는 우리의 존재를 모를 것이기 때문이다. 그렇게 되면 우린 그냥 지하에 묻혀 버리는 거다. 드론은 빙빙 돌면서 가는 길마다 폭탄을 떨어뜨렸다. 눈물이 강처럼 흘렀다. 침대에 누워 처음으로 내가 얼마나 살고 싶은지만을 생각했다. 폭탄이 떨어질 때마다 심장이 얼어붙는다. 매분 매초 안간힘을 쓰며 버텼다. 이렇게까지 죽음을 가까이 느낀 건 처음이다. 제발 드론이 가 버리기를, 폭탄이 집에 떨어지지 않기만을 바랐다. 하느님, 제발 도와주세요, 기도하며 말이다. 숨도 쉴 수 없었다.

잠시 후 모든 게 조용해졌다. 그제서야 겨우 진정할 수 있었다.

휴대폰을 확인했다. 예우헨은 아직도 폴타바로 가는 중이다. 예우헨은 날아가는 미사일을 직접 찍은 사진을 보냈다.

디야나는 벨르카 다늘리우카를 떠날 때 집들이 불타고 있는 걸 봤다고 했다.

우린 결국 창고로 갔다. 거기서 조금이라도 자려고 했지만 잠이 오지 않아서 다시 위층으로 돌아와야 했다.

2022년 3월 2일

하르키우에서 출발하는
마지막 열차를 향한 다급한 발길들
〈가디언〉

젤렌스키 대통령,
서방 세계에 대학살을 막아 달라고 간청하다
〈데일리 텔레그래프〉

키이우와 하르키우가 러시아 침략 아래 있다
〈아이리시 타임스〉

러시아, 민간인을 겨냥하다
〈월스트리트 저널〉

러시아의 가차 없는 미사일 공격으로
인도주의적 위기에 직면한 우크라이나
〈가디언〉

7번째 날

또 다른, 달콤하지 않은 꿈•우린 망한 건가•
행운•하르키우를 떠나다

꿈을 꿨다. 할머니와 나는 우리의 도요타 차에 타서 폭격에 날아간 집으로 향하고 있었다.[25] 집 안에 들어가자 복도는 쓰레기로 가득했다. 부엌에 들어섰고 찬장은 멀쩡했다. 테이블은 부서져 있었다. 나는 그 광경을 영상으로 찍기 시작했다. 갑자기 옆 건물로 미사일이 날아들었다. 말도 할 수 없었다. 꿈은 거기서 끝났다.

오늘 새벽에 포격이 있었다.

아침 6시엔 인터넷이 끊겼다.

공습 때문에 사람들이 상점의 식료품을 사재기하고 있다.

아침 10시

할머니랑 난 하르키우를 떠나 러시아 국경에서 좀 더 먼 서쪽 지방으로 가고 싶다. 어떻게 해야 그렇게 할 수 있을지 알아내기 위해 아는 사람 모두에게 전화를 걸고 있다. 사람들은 당분간은 꼼짝 말고 있으라고 한다. 반 친구들 여러 명은 먼저 드니프로나 폴타바로 간 뒤 거기서 다시 서쪽 지방으로 이동하려 하고 있다.

이나 아줌마는 많은 차들이 도시를 떠나는 걸 봤다. 어떤 차들엔 사방에 "아이들이 타고 있어요"라고 적혀 있었다.

탈출하려는 사람들을 태우는 기차는 좌석이 동이 났다고 한다. 꼬박 하루 이틀을 서서 가야 하는데 말이다. 우리는 일단 하르키우에 머물기로 했다.

오후 1시

하지만 조금 더 생각한 뒤, 할머니와 나는 결국 르비우(리비프)[26]로 가기로 결정했다. 항복을 앞당기기 위해 며칠 내로 하르키우에 학살이 있을 거라는 무시무시한 소문이 돌기 때문이다. 반나절 내내 택시 회사에 전화를 걸었지만, 그쪽에서 받을 때마다 전화가 끊어졌다. 엄마는 하르키우 운전사들의 전화번호를 계속 보냈지만 아무도 전화를 받지 않았다. 우리를 기차역까지 데려다준다는 운전사와 연락이 닿긴 했는데, 며칠 후에나 가능하다고 했다. 다른 번호로 전화를 걸었다. 상대가 받았지만 또 끊어졌다. 엄마와 아빠에게 도와 달라고 메시지를 더 보냈지만 엄마 아빠도 별 수 없다.

오후 3시

깊은 절망감에 빠져든다. 머릿속에 떠오르는 거라곤 *두려움과 우리가 영원히 저주받았다는 생각*뿐이다. 난 말하는 걸 멈췄다. 내 얼굴 위로 다시는 미소가 떠오르지 않을 것 같다. 합친스카 스타일로 그릴 천사를 떠올리면 기분이 조금은 나아진다. 나는 희망을 잃지 않을 거다. 르비우로 가거나, 어쩌면 우크라이나를 떠나는 것에 대해서도 기도하는 걸 멈추지 않겠다. 지금은 통행금지령 때문에 당장 하르키우를 떠나는 열차를 탈 수는 없지만, 그래도 할 수 있는 모든 노력을 다 할 거다.

저녁 8시

우린 이 도시에서 벗어날 방법을 찾기 위해 계속

애쓰고 기도했다. 그러다 오후 4시쯤 행운이 찾아왔다. 이나 아줌마의 딸 루키아가 적십자 자원봉사자[27] 두 사람의 전화번호를 보내 준 것이다. 그중 한 사람에게만 연락이 닿았는데 그는 15분 안에 와서 우리를 드니프로로 데려다주겠다고 했다. 이렇게 기쁠 수가! 할머니와 나는 짐을 챙긴 뒤 거리로 나가 차를 기다렸다. 천사 그림은 두고 가야 했다. 아쉽다. 천사의 드레스조차 다 그리지 못했는데. 이나 아줌마가 우리를 배웅하러 왔지만 함께 가지는 않겠다고 했다. 그러더니 갑자기 집으로 달려가며, 자기가 다시 오기 전 자원봉사자들이 도착하면 기다리지 말고 떠나라고 했다. 여러 차례의 폭발음이 들렸다. 자원봉사자들이 탄 차가 과연 도착할 수 있을지 확신이 들지 않았다. 너무 초조해서 계속 하느님께 도와 달라고 기도했다. 그때 자원봉사자 토도르와 올레에게 전화가 왔다. 그들에게 길을 어떻게 설명해야 할지 몰라 허둥대고 있는데, 갑자기 빨간 십자가가 그려진 폭스바겐이 나타났다. 자원봉사자들의 차였다. 우리가 차에 올라탄 건 4시 50분이었다. 할머니는 이나 아줌마에게 작별 인사를 하기 위해 골목을 돌아가 달라고 했다. 바로 그때 이나 아줌마가 우리를 향해 달려오는 모습이 보였다. 결국 우리와 함께 드니프로로 가겠다고 결정한 것이다! 아줌마의 가족이 드니프로에 있어서, 할머니와 나도 그곳에서 내리기로 했다. 이나 아줌마는 여권―아줌마가 되돌아간 이유였다―을 제외하곤 아무것도 가져가지 않았다. 차가 출발했다. 가는 길에 검문소[28]를 열두 번이나 지났다. 드니프로에 가까워지자 도시로 들어가려는 긴 차의 행렬이 몇 킬로미터나 이어져 있었다. 우리도 그 차들을 뒤따랐다. 날이 어두워졌고 비가 내리기 시작했다. 우리는 도시에 진입했다. 조용했다. 폭격 소리가 들리지 않아 천국에 온 듯 귀가 편안했다. 건물들은 부서진 흔적 없이 온전했다. 하늘도 평화로웠다. 뭘 바라겠는가.

이런 안전한 곳으로 우리를 데려다준 토도르와 올레에게 고맙다. 그들은 돈을 내지 않아도 된다고 했고, 우리는 작별 인사를 건넸다.

그 뒤 이나 아줌마의 가족을 만났다. 행복했다. 우리가 있는 길 뒤쪽에 아름다운 공원이 있었다. 우리는 그들이 사는 집 안으로 들어가 그동안 겪은 일에 대해 이야기했다. 긴장이 완전히 풀리기까지는 시간이 좀 걸렸다.

여전히 우크라이나 서쪽 지역으로 가고 싶지만, 내일 생각하려고 한다. 오늘은 그저 이나 아줌마의 가족

우리를 구해 준 적십자 자원봉사자들.

과 평화로운 밤을 보내고 싶을 뿐이다.

티콘
> 우리도 폴란드로 가는 중이야

> 그 뒤엔 독일이나 덴마크, 캐나다로 갈지도 모르고

나디아
> 거기 친척이 살아?

티콘
> 응, 누나랑 사촌들이 폴란드에 있어

나디아
> 고양이도 데려갔니?

티콘
> 아니

예바
안녕, 얘들아

나 드니프로로 가는 중이야

디야나
> 안녕, 나 엄마 아빠랑 강아지랑 벨르카 다늘리우카를 떠나

> 이틀 전 폭격이 있었거든

디야나
> 예바, 완전히 떠나는 거야? 아니면 전쟁 동안만?

디야나
> 하르키우에 있는 거니, 엘라?

엘라
> 아니

디야나
그럼 어딘데?

엘라
르비우에 있어

디야나
아, 그렇구나

거긴 폭격이 없다고 들었어

사이렌 소리만 들려서 괜찮대

아니면 거기도 폭격이 있는 건가?

엘라
아니, 조용해

사이렌 소리만 들려

하루에 다섯 번

예바
디야나, 일단은 지금만

다비드
다들 어디에 있니?

키릴로
나 폴란드로 떠나

키릴로
그리고 폴란드인이 될 거야

예바
잘됐네

어쩌면 우리 거기서 만날 수도 있겠다

2022년 3월 3일

우크라이나의 도시 헤르손,
처음으로 러시아군에 함락되다
〈데일리 텔레그래프〉

지옥에 오신 걸 환영합니다
나

전쟁 2주 차에 접어들면서
푸틴, '타협 없는 싸움'을 선언하다
〈키이우 포스트〉

우크라이나 난민 100만 명 이상 출국,
이번 세기 들어 가장 빠른 속도
〈데일리 텔레그래프〉

아일랜드, 모든 우크라이나인에게 피난처를 제공하라는
EU의 방침을 지지하다
〈아이리시 타임스〉

8번째 날

충격적인 소식•목적지를 향해!•
아름다운 갈대•멈추고 시작하기

잠에서 깼다. 밤사이 별일이 없었다고 생각했지만, 알고 보니 먼 곳에서 폭격이 있었다.

할머니는 친구에게서 남편이 죽었다는 문자를 받았다. 그 아저씨가 샘에 물을 길으러 갔을 때 펑, 집속탄이 터졌다. 폭탄 파편에 아저씨의 몸 전체가 잘렸다. 다리도 어디론가 날아가 버렸다. 아저씨는 47세였다. 좋은 남편이자 사랑이 가득한 아빠였다. 고작 며칠 전에 아저씨와 이야기를 나눴는데, 오늘 그는 영영 사라졌다. 끔찍하다. 나와 할머니는 큰 충격에 휩싸였다.

오전 11시

현금을 찾아서 식료품을 사야 했다. 나도 할머니를 따라갔다. 다시 돌아왔을 때 우리가 우크라이나 서쪽으로 향하는 기차를 타러 기차역으로 갈 거라는 사실을 알게 됐다.

이나 아줌마의 가족이 택시를 불러 주었고, 오래 지나지 않아 도착했다. 우리는 서로 작별 인사를 나눴다. 이나 아줌마는 가족과 함께 드니프로에 남기로 했다. 모든 게 잘될 거라고 아줌마가 말해 주었다. 언젠가 다시 만날 수 있었으면 좋겠다. 아줌마는 내게 다시 돌아와서 천사 그림을 완성해 달라고 말했다. 언젠가, 전쟁이 끝나면 그럴 수 있을지도 모른다. 우린 서로에게 행운을 빌었다. 할머니와 나는 택시에 올라타 운전사 아저씨와 이야기를 나눴다. 도네츠크[29] 출신의 아저씨는 우리가 요금이 얼마냐고 묻자 공짜라고 했다. 이 도시 사람들은 정말 친절하다.

우리는 기차역에 도착했다. 역 안에 들어가서 뭘 해야 할지 알아내려 했지만, 다른 사람들도 아무도 모르는 것 같았다.

갑자기 경보 사이렌이 울렸다. "경고, 공습 시작, 대피하시오." 우리는 플랫폼으로 연결되는 지하철로 달려 들어갔다. 할머니가 어떤 여자에게 우리가 어떻게 해야 하는 거냐고 물었다. 그녀는 라다라는 이름의 젊은 자원봉사자였다. 라다는 우리를 돕겠다고 했다.

오후 2시에 르비우 근교의 트루스카베츠로 향하는 기차가 있어서, 나와 할머니는 그 기차를 타기로 했다.

공습경보 사이렌이 멈췄고 라다가 우리를 대기실로 데려갔다. 거기 있는 사람들에게 우리가 겪은 일을 이야기하려 했지만, 다들 이곳 지역 주민이었기 때문에 하르키우에서 일어난 끔찍한 일에 대해 설명하기가 어려웠다.

우리는 차와 과자를 조금 먹었다. 오후 1시. 곧 열차가 도착할 예정이었기 때문에 준비를 시작해야 했다.

드디어 기차가 도착한다는 안내음이 울렸다. 우리는 엄청난 인파와 더불어 플랫폼을 향해 달렸다. 그리고 기차에 올라타기 위해 안간힘을 썼다. 쉽진 않았지만 우리는 해냈다. 와우!

나는 창문 선반 위에 걸터앉아 기차가 출발하기를, 몰려드는 인파가 어서 줄기를 기다렸다. 출발하는 기차가 흔들렸다. 플랫폼에 남아 있던 사람들은 모두 다른 쪽을 향해 뛰기 시작했다. 그들은 기차를 놓친 것이다. 하지만 나와 할머니는 목적지를 향해 가고 있었다!

승무원이 내게 다가와 제일 위쪽 침대칸으로 올라가라고 했다. 나는 기쁘게 응했다. 여정은 길었지만 재미있었다. 리라라는 여자아이와 친구가 돼서 반나절을 즐겁게 웃으며 지냈다. 리라는 하르키우 출신인 데다 나와 동갑이라 우리는 서로 말이 잘 통했다.

저녁 6시

해가 지고 있다. 할머니와 내가 갈 곳이 어떤 곳인지 상상하려고 애쓰고 있지만 잘 그려지지 않는다.

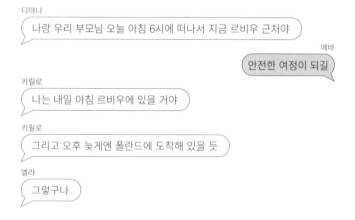

디아나
나랑 우리 부모님 오늘 아침 6시에 떠나서 지금 르비우 근처야

예바
안전한 여정이 되길

키릴로
나는 내일 아침 르비우에 있을 거야

키릴로
그리고 오후 늦게엔 폴란드에 도착해 있을 듯

엘라
그렇구나

엘라
가는 길 조심해

나디아
난 하르키우에 남아 있을 거야

폴리나
우리 집 발코니 창이 으스러졌어

미론
나도 하르키우를 떠났어

나디아
우리가 있는 곳은 심하게 폭격됐어

나디아
너무 심하게 말이야

나디아
무서워

나디아
이 정도로 소리가 컸던 적은 처음이야

예바
나디아, 힘내 친구야

다 괜찮을 거야

일단 바닥에 누워 있어

아니면 지하실에 가 있는 게 나을 수도 있어

나디아
다리가 안 움직여

폴리나
복도에 앉아 있는 게 나을지도 몰라

안드리
학교엔 무슨 일이 벌어진 거야

113

안드리

?

폴리나

폭격된 것 같아

안드리

불이 난 것 같기도 한데 확실하진 않네

폴리나

르비우엔 지금 사이렌 소리가 들려

밖은 어둡다. 리라는 창밖의 갈대가 얼마나 아름다운지 얘기해서 날 웃게 했다. 어떤 사람들은 어디로 가고 다음에 뭘 해야 할지를 걱정하지만, 그저 갈대에 감탄하는 사람들도 있는 거다. 하하!

겁나는 순간도 있었다. 기차가 속도를 줄이는 일이 반복됐고 가끔은 완전히 멈추기도 했다. 객실의 불이 계속 꺼져서, 불이 다시 들어올 때마다 모두가 안도의 한숨을 내쉬었다. 말 한마디를 내뱉기도 두려운 순간들이 많았다. 나중에 할머니는 창문 너머로 저 멀리 폭발이 일어나는 모습을 봤지만, 내가 더 무서워할까 봐 말하지 않았다고 털어놓았다. 기차가 중간중간 멈춘 것도 아마 그 폭발들 때문이었을 거다. 상황이 안전해지고 계속 운행해도 된다는 신호를 받을 때까지 정차해야 했던 거다.

키이우를 지나쳤다. 그때도 역시 무서웠다.

러시아
체르니히브
바투린
수미
우크라이나
피소친
하르키우
보브첸스크
폴타바
스뱌토히르스크
동굴 수도원
루한스크
드니프로
도네츠크
자포리자
크리비리크
마리우폴
멜리토폴
미콜라이우
헤르손
크림반도

2022년 3월 4일

"그들은 이 도시를 지구에서 지워 버리려 한다"
〈파이낸셜 타임스〉

푸틴의 소름 돋는 경고:
최악의 상황은 아직 오지 않았다
〈데일리 텔레그래프〉

러시아의 우크라이나 원자력 발전 시설 공격에
전문가들도 불안해하다
〈아이리시 타임스〉

우크라이나, 적에 포위된 시민들을 위한
인도주의적 통로를 만들어 줄 것을 적십자에 호소하다
〈키이우 포스트〉

젊은 우크라이나인들,
전쟁 중인 조국을 돕기 위한 계획을 세우다
〈아이리시 타임스〉

9번째 날

어디로 가야 하나•정착하다•
우리에게 어떤 일이 일어날까•아주 중대한 만남

아침 6시에 깼다. 기차의 종착역이 우즈호로드라
는 걸 알았다. 지도를 찾아보자 우즈호로드가 우크라이
나 서쪽 끝에 있다는 걸 알 수 있었다. 처음에 우리는 우
즈호로드로 갈까 생각했다. 하지만 곧 리라네 가족과 함
께 르비우에서 루마니아나 독일로 갈 수 있단 걸 알게 되
자 함께 내리는 것도 나쁜 방법 같지 않았다. 그럼에도 불
구하고 할머니와 내가 열차에 남기로 결정한 이유는 르
비우에서 내리면 루마니아 국경까지 가는 버스를 세 시
간이나 기다려야 하는데 그 뒤 어떤 일이 일어날지 불투
명했기 때문이다. 그래서 우리는 결국 종착역까지 기차
에 타고 있기로 했다.

리라와 리라의 엄마는 르비우에서 내렸다. 언젠가 하르키우에서 다시 만날 수 있기를 바라며 작별 인사를 나눴다. 우린 슬로바키아와 헝가리 국경이 있는 우즈호로드로 간다. 이제 어떤 일이 벌어질지는 그곳에 도착하고 나서야 알 수 있을 것이다.

아침 8시

많은 사람이 르비우에서 내려서 객실이 반쯤 비었다. 우린 아래쪽 침대가 비어 있는 다른 칸으로 자리를 옮겼다. 승무원이 우리에게 다가왔다. 그녀는 자포리자[30] 출신인데, 러시아 점령군이 자포리자 핵 발전소[31]를 점령했다고 했다. 자포리자 핵 발전소의 원자로는 체르노빌 원자로보다 10배나 더 강력하다. 그게 폭발하면 그 너머에 있는 모든 걸 파괴할 거다.

오후 1시

다섯 시간이 지났다. 여정은 길고 지루하다. 이제 우크라이나 서쪽 무카체보를 지나는 중이다. 무카체보성이 보이고, 사진을 찍었다. 작년 여름에 여기 놀러 온 기억이 생생한데, 지금은 전쟁에서 도망치느라 이곳을 지

기차 안에서 본 친숙한 풍경인 무카체보성.

우즈호로드로 가는 길,

일기장과 함께.

나치고 있다.

오후 3시

마침내 우즈호로드에 도착했다. 할머니와 내가 가장 먼저 한 일은 역에 내려 뭔가를 먹은 거다. 그러고 나서 숙소를 배정하는 사무실에 갔고, 버스에 탄 후 이동했다. 어디로 가는지 알 수 없었다. 무슨 일이 우리를 기다리고 있을지 아무도 모르는 것 같다.

나는 우리가 난민이 됐다는 사실을 깨달아 가는 중이다. 어쩌면 우린 영국이나 유럽[32]에 가서 살게 될지도 모른다.

서류 등록과 배치를 해 주는 사무실에 도착했다. 주소가 적힌 서류를 받은 뒤, 자원봉사자들의 차를 타고 그곳으로 향했다.

저녁 6시

도착하니 학교 건물이다. 할머니와 나는 안으로 들어갔는데 우리 바로 뒤에는 어떤 아저씨가 서 있었다. 그가 내게 인사를 건넸는데 처음엔 독일어로 얘기한다고 생각했지만, 곧 영어라는 걸 깨달았다. 아저씨는 내게 뭔가를 묻고 싶어 했지만, 나는 지금 당장은 대답할 수 없다고 사과했다. 무슨 일이 벌어지는지 전혀 알 수 없었기 때문이다.

우린 미나에게 환영을 받았다. 미나는 이곳의 책임자인데 여러 가지를 설명하고 알려 줬다. 그녀가 건물 안을 안내해 주는 동안 아까 그 아저씨가 우리를 동영상으로 촬영하기 시작했다.

난 뭘 어떻게 해야 할지 전혀 모르겠다. 내 안에 꽉 뭉친 불안감이 느껴진다. 이 상황에 대한 스트레스는 견딜 수 없을 정도다. 할 수 있는 일을 찾아야 한다. 내가 어디에 있는 건지, 내가 누구인지, 이 세상에 무슨 일이 벌어지고 있는지 알아내야 한다. 따뜻하고 아늑한 내 침대 대신, 학교 체육관의 매트리스에서 어떻게 자야 한단 말인가. 어디서 씻어야 한단 말인가. 여긴 뜨거운 물도 안 나온다.

친구들이 있는 우리 학교로 가고 싶다.

멍한 기분이다.

저녁 8시

나 자신을 추스르려 노력하면서 주변을 둘러보고

있을 때, 할머니가 아까 우리를 영상으로 찍던 아저씨에게 내가 책을 쓰고 있다고 말했다. 러시아어를 전혀 못 하는 아저씨에게 할머니가 그런 설명을 어떻게 했는지는 여전히 미스터리다. 어쨌든 우리 일은 아저씨의 관심을 사로잡았다. 나는 그에게 다가가 인사를 건넸다. 아저씨의 이름은 플라비앙이다. 그는 영국의 지상파 방송국인 채널4에서 일한다.

나는 내게 일어난 모든 일에 대해 말했다. 아저씨는 나를 영상으로 촬영하며 인터뷰해도 되느냐고 물었다.

채널4 기자들이 나와 인터뷰를 진행할 방을 찾는 동안 나는 계속해서 플라비앙 아저씨와 이야기를 나눴고 그가 프랑스인이라는 걸 알게 됐다. 기자들이 마땅한 장소를 찾을 수 없었기 때문에 결국 학교 강당 한가운데에서 인터뷰하기로 했다. 인터뷰 도중 아저씨가 카메라로 나를 찍었고 나는 내 일기를 읽어 줬다. 그 뒤 채널4에서 일하는 아일랜드 기자 파드라그 아저씨가 내게 몇 가지 질문을 던졌다.

나와 할머니는 그들에게 우리가 우크라이나를 떠나 다른 곳에서 살 수 있도록 도와줄 수 있는지 물었다.

기자들은 할 수 있는 일이 있는지 알아보겠다고 했다. 그들이 방법을 찾았으면 좋겠다. 이 학교 체육관에 머무는 사람은 우리 말고도 50명쯤 된다.

밤 10시

침대로 안내받았다. 자려고 노력해야 할 것 같다.

2022년 3월 5일

핵 재앙을 '간신히' 피하다
〈가디언〉

러시아군이 유럽 최대의 핵 발전소를 점령하고
우크라이나 남쪽 지역을 탈취,
더 많은 우크라이나 난민들이 조국을 떠나다
〈뉴욕 타임스〉

우크라이나 전역에 더 많은 공습이 보고되다
BBC

IMF, 우크라이나 전쟁이
세계 경제에 심각한 영향을 미칠 것이라 경고하다
CNN

우크라이나 선수들,
패럴림픽 개막과 동시에 일곱 개의 메달을 획득하다
〈키이우 포스트〉

10번째 날

그리운 하르키우•우리의 이야기•
평소 같지 않은 기분

어제는 혼란스러웠지만, 오늘 아침은 조금 괜찮아
진 기분으로 잠에서 깼다.

하르키우의 상황은 몹시 안 좋다. 거기서 일어나
는 모든 일을 받아들이기가 어렵다. 우크라이나 군대는
내 친구 몇 명에게 안전상의 문제로 지금 머무는 아파트
지하 대피소를 떠나라고 요청했다. 친구들은 트럭에 태
워져 이동했다. 어디로 데려갔을까? 아무도 모른다. 어쩌
면 시내로 갔을지도 모른다.

할머니 친구들 중 절반은 주거지가 무너졌다. 남
아 있는 사람들 모두 하르키우를 떠나고 싶어 한다. 그곳
이 안전하지 않다는 걸 비로소 깨달은 거다. 하지만 이젠

떠나는 게 전보다 더 어려워졌다.

올라에게 전화를 걸었다. 올라는 드니프로에 있다. 올라에 따르면 드니프로는 별일 없이 잠잠하다.

오후 2시

기자들이 돌아왔다. 그들과 이야기를 나누면서 할머니에게 통역을 해 줬다. 우리는 그들에게 전쟁이 일어나고 처음 며칠간 겪었던 일들을 들려주었다.

그 뒤 우린 시내를 둘러보러 나갔다.

모든 건물과 랜드마크가 하르키우를 떠올리게 한다. 이 아름다운 도시를 내려다보는 다리들을 보면 하르키우가 떠오르면서 마음이 찢어질 것 같다. 하르키우는 우즈호로드보다 훨씬 예쁘다. 이제는 훨씬 "예뻤다"라고 해야 하나. 하지만 적어도 이곳의 초콜릿은 아주 맛있다. 이젠 이나 아줌마의 휴대폰 충전기를 빌릴 수 없기 때문에 새로운 충전기를 샀다.

다시 학교로 돌아왔을 때 내 기분은 엉망이었지만, 마음을 다잡으려 애쓰고 있다.

채널4 뉴스팀과의 인터뷰.

2022년 3월 6일

러시아, 일시 휴전 도중 폭격을 재개하며
두 번째 민간인 대피 시도도 무산되다
〈아이리시 타임스〉

우크라이나에서 일어나는 '만행'에
수천 명이 반대하다
〈인디펜던트〉

150만 명 이상의 난민, 우크라이나를 떠나다
〈키이우 포스트〉

우크라이나 정부, 식량난 악화로
일부 상품에 대한 수출 중단
CNN

"우린 전쟁이 어떤 건지 알고 있다"
폴란드인들이 우크라이나 난민을 돕기 위해 몰려들다
〈가디언〉

11번째 날

햇빛 찬란한 날·아름다운 곳·
우즈강 산책

별일 없는 아침이었다. 일어나서 정리를 하고, 할머니와 산책하러 시내로 나갔다. 이 도시와 사랑에 빠질 것 같다. 특히 우즈강 주변을 거니는 게 너무 좋다!

우린 오늘 하루를 즐겼다. 나는 학교 친구 크리스티나에게 전화를 걸어 30분이나 수다를 떨었다. 그러던 중 채널4 뉴스의 프로듀서인 프레디로부터 전화가 걸려 왔다. 채널4에서 나와 할머니에 대한 짧은 다큐멘터리를 찍고 싶다고 해서 우리가 있는 곳의 위치를 문자로 보내 줬다.

조금 뒤 할머니와 나는 기자들을 만났다. 그들은 채널4에 내보낼 방송용 영상을 찍었다. 그리고 나더러 친구에게 전화를 걸어 보라고 했다. 올라에게 전화해 봤지만 받지 않았다.

조금 전 크리스티나와 통화했기 때문에, 크리스티나에게 부탁해도 좋겠다는 생각이 떠올랐다. 크리스티나네 엄마에게 허락을 받은 뒤 우리가 통화하는 모습을 영상에 담았다.

아직 하르키우에 있는 크리스티나는 정말 겁이 없다. 그 애는 폭격이 일어날 때 뭘 하는지 들려주었다. 그때마다 크리스티나네 가족은 모두 복도로 나가 폭격이 끝나길 기다린다. 가끔 나는 크리스티나에게 기자들이 하는 말을 통역해 줬다.

영상을 다 찍고 난 후 다시 학교 건물로 돌아갔다.

2022년 3월 7일

'야만적인' 푸틴, 공포를 퍼붓다
〈데일리 텔레그래프〉

가족들, 목숨을 위해 도망치다
〈타임스〉

러시아의 영공, 영토, 영해 공격으로
고립된 우크라이나 시민들
〈키이우 포스트〉

살고 싶다면 도망쳐라
〈메트로〉

"공허할 뿐이에요"
우크라이나 가족들, 생이별로 고통받다
〈뉴욕 타임스〉

12번째 날

새로운 친구•
여권 발급 불가

우리는 어떻게 해야 할지 논의했다. 곧 새 학기가 시작되기 때문에 계속 이 학교 건물에 머무를 수 없는 데다가 이 근처에는 집을 빌릴 수 있는 곳도 없다. 나와 할머니는 우크라이나를 완전히 떠나야 한다고 결정했다. 하지만 할머니는 여권을 집에 두고 왔기 때문에 새로 만들어야 한다.

우린 주민 센터가 있는 소브네 흐니즈도[33]를 방문했다. 여권과로 안내를 받았지만, 그곳은 코로나 환자들을 위한 임시 진료소가 돼 있었다. 누군가의 도움으로 상담 센터에 전화를 걸었는데, 전쟁이 끝날 때까지 새 여권은 발급되지 않을 거라는 답이 돌아왔다. 그렇다. 이게 우리가 처한 상황이다. 하지만 우린 꼭 다른 나라로 입국할 방법을 찾을 거다.

시내로 돌아왔다. 드니프로에 있을 때 ATM에서 꽤 많은 현금을 찾아 놨지만, 돈을 쓸 만한 숙박 시설이 없어서 다시 계좌에 넣어 두려고 했다. 그 계획은 성사되지 않았다. 어떤 이유에서인지 이곳의 은행은 흐리우냐(우크라이나 통화)를 받지 않고 있어서 우린 돈을 유로로 바꾸려고 했지만 환율이 좋지 않았다. 1유로를 사는 데는 43흐리우냐가 드는데, 1유로를 팔아도 38흐리우냐만 받는다. 원래는 1유로가 30흐리우냐였고, 돈을 사고파는 데 드는 차이는 고작해야 1흐리우냐 정도였다.[34]

다시 학교 건물로 돌아왔다. 기자들이 그들의 동료 닉을 소개해 줬다. 닉과 그녀의 통역자가 나에게 전화를 걸어서 우리는 이야기를 나눴다. 나는 이제 우리가 어떻게 해야 좋을지 전혀 모르겠다고 말했다. 우크라이나에 남아야 하는가, 아니면 떠나야 하는가.

그들과 통화하기 전에, 북극곰으로 분장한 코미디언이 학교로 찾아왔다.

음악이 나왔고 아이들이 모두 춤을 췄다.

우즈호로드 난민 센터에서 보낸
잠깐의 즐거운 시간.

헝가리

2022년 3월 8일

나날이 유령 도시가 돼 가는 하르키우
〈키이우 포스트〉

키이우가 맹공격에 대비하는 동안
우크라이나-러시아 회담, 거의 진전 없어
〈아이리시 타임스〉

푸틴의 총공격으로
어린이 환자들 병상에서 쫓겨나다
〈인디펜던트〉

내 남편은 싸우기 위해 남았다
승리한 뒤 다시 키이우로 돌아갈 것이다
〈이브닝 스탠더드〉

수많은 사람들이 난민 거처 제공에 서약하다
〈아이리시 이그제미너〉

13번째 날

떠나다•새로운 삶•
작별 인사

　　일어난 지 얼마 안 돼서 우린 헝가리로 가기로 결심했다. 할머니는 전시 상황이라는 점을 고려해서 헝가리 당국이 가끔 서류가 완벽하지 않아도 눈감아 준다는 얘기를 전해 들었다. 우리가 행운을 잡을 수 있기를.

　　우즈호로드의 에밀리오 신부님에게 전화를 걸었다. 기자들이 알려 준 연락처였다. 에밀리오 신부님은 우리에게 자원봉사자의 전화번호를 알려 줬다. 우린 자원봉사자에게 전화를 걸었고, 그는 할머니와 나를 헝가리 국경 근처의 초프[35]로 데려다주겠다고 했다. 우리는 초프에서 국경을 넘어 자호니로 갈 거다.

　　"기차가 몇 시에 떠나죠?" 우리가 자원봉사자에

게 물었다.

"아침 10시 25분이요." 그가 대답했다.

"시간에 맞춰 도착할 수 있을까요?" 채 한 시간도 남지 않았다.

그는 30분 정도밖에 안 걸릴 테니 걱정하지 말라고 했다.

할머니와 나는 떠날 준비를 했다. 나는 짐을 챙기려 애쓰면서 로켓처럼 건물 안을 앞뒤로 쏘다녔다. 자원봉사자에게 다시 전화를 걸자 그가 15분 안에 도착한다고 했다.

할머니와 나는 미나에게 우리를 따뜻하게 반겨 줘서 고마웠다고 작별 인사를 했다. 차가 도착했고 우린 자원봉사자와 인사를 나눴다. 그의 이름은 아르세니다. 그가 초프에 있는 기차역까지 데려다주는 동안 우리는 우리의 얘기를 들려주었다. 도착할 때쯤 나는 기자들에게 전화를 걸었다. 그들이 우리를 자호니에서 기다리고 있었다.

초프에 도착한 건 아침 10시였다. 아르세니가 역으로 가는 길을 함께 찾고 표를 받는 것도 도와줬다. 나는 이 모든 과정을 영상으로 찍었다. 우리는 국경 통제를 위해 늘어선 긴 줄 끝에 섰다. 무슨 이유에선지 기차는 연착되고 있었다. 10시 25분에 출발하는 기차였는데 출발이 확정된 건 12시였다.

할머니와 나는 사무관들에게 서류를 제출했지만, 한 가지 서류가 더 필요했다. 내가 나라를 떠나도 된다는 부모의 동의서였다. 당연히 우리에겐 그 서류가 없었다.

사실 엄마가 터키로 떠나기 전, 이 문제에 대해 심각하게 얘기를 나눴다. 이미 우크라이나 전쟁에 대한 소문이 돌고 있었지만 엄마는 침략 같은 건 일어나지 않을 거라 확신했다. 그 동의서를 받는 데는 돈이 들고, 엄마는 필요가 없다고 생각되는 일에 돈을 쓰고 싶어 하지 않았다.

할머니와 나는 이러지도 저러지도 못하고 그 자리에 붙들려 있었다. 사무관들은 우리를 헝가리로 보낼지 말지 고민에 빠졌다. 우린 눈물이 가득한 채 기도하며 서 있었다. 제발 국경을 넘게 해 주세요. 그리고 그들은 허가했다! 엄마의 동의서가 없고 할머니는 여권조차 없지만, 전쟁 중엔 평상시의 법이 적용되지 않으므로 우리에게 국경을 넘도록 허가해 주겠다고 했다. 우리의 기도와

신에 대한 강한 믿음 덕에 국경을 넘게 된 것이다. 너무나 기뻤다.

　　우린 기차에 올라탔다. 만세! 할머니가 자리에 앉고 난 서 있었다. 그로부터 겨우 20분 후, 우린 우크라이나를 벗어나 헝가리의 자호니에 있었다. 역무원들이 모든 승객의 여권을 하나하나 확인했다. 그들이 다시 동의서를 요구할까 봐 덜컥 겁이 났다. 창문 밖으로 플랫폼에 서 있는 채널4 기자들이 보였다. 내가 손을 흔들자 그들이 날 발견했다. 기차에서 내리기 위해 입구로 천천히 다가서는데, 플라비앙 아저씨가 선로로 태평스럽게 내려와 영상을 찍고 있는 모습이 보였다. 재미있는 광경이었다.

　　30분에서 1시간 정도 후 드디어 우리 차례가 왔다. 역무원들이 서류를 확인한 뒤 우린 기차에서 내렸다. 그들이 동의서를 요청하지 않아 너무 다행이었다.

　　기자들을 만나고 입국 수속 장소로 안내됐다. 불행히도 기자들은 들어갈 수 없었다. 할머니가 3개월짜리 비자를 받고 나서야 그들과 다시 만날 수 있었다. 우리는 어떤 아주머니가 전단지를 돌리듯 나눠 주는 기차표를 황급히 받고 난 뒤, 다른 사람들과 마찬가지로 헝가리의 수도 부다페스트로 향하는 기차를 향해 달리기 시작했다.

그러는 동안 친구들은 학교 채팅방에 계속 메시지를 올리고 있었다. 나와 같은 학년인 아이들은 대부분 하르키우를 떠났다. 폴리나는 독일로, 마리나는 중앙 우크라이나의 크레멘추크로, 키릴로는 폴란드 국경으로 갔다.

헝가리인들은 영어나 러시아어로 말하지 않는다. 경찰이나 자원봉사자 몇을 제외하곤 모두 헝가리어만 할 줄 아는 것 같다.

부다페스트에 거의 다 도착했다. 기차 창문으로 도시를 내다볼 때는 그냥 평범하고 딱딱한 느낌이었다. 곧 내가 잘못 생각했다는 게 드러났다. 기차는 역 건물 바로 바깥의 플랫폼에 멈춰 섰다. 기차에서 내리는 순간, 나는 내 눈을 사로잡은 풍경에 압도당했다. 켈레티역은 거대한 기둥들이 커다란 유리 지붕을 떠받치고 있는 아름다운 기차역이다. 기자들이 날 찍기 시작했다. 중앙역 본관으로 들어가자 벽을 따라 석상들이 줄지어 있었다. 자원봉사자들은 갖가지 생필품을 나눠 주고 있었다. 샴푸, 생리대, 기저귀 같은 것들 말이다. 우린 치약과 칫솔, 음식을 받을 수 있었다.

기차역에서 나와 주변을 둘러봤다. 어마어마했다! 이 말을 계속 반복할 것 같다. 부다페스트는 정말 아름다운 도시다! 커다란 쇼핑센터, 오래된 건물, 내 주변을 온통 둘러싼 시끌벅적한 사람들과 자동차들. 감정을 억누르기 힘들다.

난 유럽에 온 것이다. 난생처음으로 말이다!

기자들이 마련해 준 차를 찾으러 갔다. 몇 번이나 길을 건널 때마다 무리를 놓친 할머니와 파드라그 아저씨가 길 한가운데 난 교통섬에 꼼짝 못 하고 갇혔다. 그 모습이 웃겼다. 우린 폴란드 출신의 운전사 피오트르를 만났다. 기자들과 내일 다시 보기로 하고 안녕을 고한 뒤, 우리를 당분간 머물게 해 줄 호스트가 있는 집으로 출발했다.

차는 도시의 반대편을 향해 갔다. 이곳의 거리와 오래된 사원들은 하르키우를 떠올리게 한다. 세체니 다리 가까이 다가가자 무척 아름다웠다. 전망이 환상적이었다. 마치 동화에서 본 것처럼 강 위로 배가 떠다니고 주변에는 밝은 빛이 반짝였다. 가로등이 강에 로맨틱한 감성을 더했다. 강 양쪽에는 어마어마한 건물들이 있다. 부다성, 헝가리 국회의사당 그리고 다른 많은 흥미로운 것들도. 할 말을 잃을 정도였다. 나는 계속 "이건 너무 '유럽적'이야!"라는 말만 반복했다.

피오트르가 부다페스트의 어원에 대해 들려주었다. 그에 따르면 '페스트'는 이곳이 시료품들 때문에 지어진 이름이다. 그리고 '부다'는 반대쪽 강가에 있는 성의 이름을 따서 붙여진 이름이라고 한다.[36]

밤 9시

숙소에 도착해 새로운 호스트를 만났다. 그의 이름은 아틸라고, 우리를 보고 매우 반가워했다. 아틸라가 우리의 방, 욕실과 부엌을 보여 줬다. 집을 편안히 쓰라는 말과 함께 더 많은 얘기는 내일 나누자고 했다. 그가 얼마나 친절한지 알 수 있는 대목이다.

그 뒤부터 이 일기를 쓰고 있다.

내일도 많은 일이 우릴 기다리고 있겠지만, 지금 이 순간은 피곤해서 쓰러질 것 같다.

2022년 3월 9일

우크라이나 전쟁 2주 차,
속도를 줄였지만 멈추지는 않은 러시아
〈인디펜던트〉

젤렌스키,
약 3만 5,000명이 인도주의적 통로를 통해 대피했다
CNN

젤렌스키,
인도주의적 재앙을 막기 위한 비행 금지 구역이 필요하다
〈키이우 포스트〉

영국과 미국이 러시아산 석유 수입을 금지,
푸틴에게 가한 일격
〈가디언〉

우리는 절대 항복하지 않는다
〈데일리 미러〉

14번째 날

새로운 사람들과의 만남•다른 도시를 탐험하다•
잊을 수 없는 저녁

아침 8시 30분에 깼다. 밤에 한 번도 깨지 않고 쭉
잔 건, 전쟁이 일어난 이후로 처음이다. 어제 일어난 모든
일을 떠올리며 미소 띤 얼굴로 잤다.

아틸라에게 하르키우에서 있었던 일과 어떻게 해
서 여기까지 오게 됐는지에 대해 이야기해 주었다.

오늘은 새로운 환경을 탐험하고 싶다. 그건 그렇
고, 우린 거의 시내 중심에 머물고 있다. 우리가 있는 건
물은 배치가 무척 흥미롭다. 아파트 앞문을 열면 작은 안
뜰을 내다볼 수 있는 발코니가 나온다. 아틸라가 지금 막
나와 할머니의 사진을 몇 장 찍었다. 그는 사진작가다.

기자들이 나에게 그들의 채널4 동료인 들라라와

톰을 전화 너머로 소개했다. 우린 곧 만날 거다. 너무 기대된다!

시간이 흘렀다. 나는 기자들과의 만남을 고대하며 초조하게 아파트 안을 거닐었다. 그리고 그때 누군가가 초인종을 눌렀다. 그들이었다. 나는 문을 열어 주려고 허둥댔지만, 곧바로 길을 잃었다. 결국 몇 분이 지나서야 현관문을 찾았다. 서로 인사를 나누고 나는 기자들을 건물 안으로 안내했다. 대화가 시작됐고 내 이야기를, 맨 처음부터 들려주었다. 잠시 후 다른 채널4 기자들도 왔다. 내가 그들을 맞이했는데 이번엔 현관문까지 길을 잃지 않았다. 그리고 인터뷰를 녹음했다. 기자들은 이제 모두 몰도바로 떠나지만, 나와 할머니는 들라라와 톰과 함께 여기에 있을 거다. 마음이 아프다. 그들의 앞날이 안전하길 바란다. 정말 보고 싶을 거다.

그들이 떠난 뒤 할머니와 나는 강가로 산책을 나가기로 했다. 지도를 집어 들고 출발했다. 하지만 과연 제대로 도착할 수 있을지는 확신할 수 없었다. 어떤 헝가리 소녀에게 길을 물었는데 그 애는 영어를 거의 하지 못했다. 나는 통역 앱을 써서 설명하려고 했고 그 애는 방향을 알려 주긴 했지만, 할머니와 나는 그 말을 거의 알아들을 수 없었다. 그 후 계속 걸으면서 다른 사람들에게 길을 물었으나 그들은 우리 쪽을 쳐다보지도 않았다. 이것도 어떤 의미에선 차별이다!

우린 강가 대신 아파트 옆 공원을 거닐기로 했다. 산책 뒤엔 약국을 찾고 싶었다. 다행히 영어를 할 줄 아는 다른 소녀를 만났다. 그 애가 우릴 약국에 데려다줬는데 알고 보니 약국이 아니라 의학 연구소였다. 그 애가 새로운 길을 알려 주려 했지만 우린 이번에도 알아듣지 못했다. 부다페스트의 구급차와 소방차, 경찰차의 사이렌 소리는 정말 크다는 얘기를 한다는 걸 깜박했다. 소리를 조금 줄여도 되지 않을까요?

바로 그때 들라라에게서 우리를 관광 유람선에 초대하겠다는 전화가 걸려 왔다. 정말 기뻤다. 망설이지도 않고 가겠다고 했다. 톰과 들라라가 저녁 7시 45분에 데리러 오면 우린 배에 타서 부다페스트를 더 제대로 볼 수 있을 것이다.

저녁 7시 46분

초인종이 울렸고 나는 문을 열려고 달려 나가다가 넘어질 뻔했다. 우리는 시내로 향하는 택시에 탔고 도착한 후에는 배를 타기 위해 기다렸다.

조금 뒤 탑승을 시작했다. 나는 용감하게 배 안으로 발을 들였고 갑판 맨 위까지 올라갔다. 배가 서서히 움직였다. 우리는 강으로 나아가고 있었다. 바람을 쐬러 실내 객실에서 나왔을 때, 막 헝가리 국회의사당을 지났다. 너무나 아름다웠다. 미국 백악관을 본 적은 없지만 헝가리 국회의사당이 백만 배는 더 예쁠 거라 확신한다. 헝가리 국회의사당은 마치 궁전처럼 규모가 엄청나게 크다. 지붕 위의 헝가리 국기가 도드라지고 밤에는 건물에 불이 밝혀져 로맨틱한 기분을 자아낸다. 그 뒤 우린 다리 아래를 지나고, 성의 모습에 감탄하고, 도시의 영광스러운 자태를 구경했다. 나는 이 모든 아름다움에 압도당한 채 그렇게 서 있었다.

강 투어 중에 인터뷰를 촬영했다. 내가 느끼는 모든 감정 때문에 울 것 같았다. 배가 방향을 바꿨다. 배에 타고 있는 모든 순간이 좋았다.

배에서 내려 아파트로 돌아왔다. 아름다운 저녁을 선사한 톰과 들라라에게 고맙다고 했다. 너무 피곤해서 침대 위로 무너지듯 쓰러져 깊은 잠에 빠져들었다.

부다페스트에서의 멋진 밤.
채널4 기자들과 다뉴브강 위 유람선에서.

2022년 3월 10일

"대량 학살",
러시아가 우크라이나의 어린이병원을 폭격하다
〈가디언〉

그들은 물을 얻기 위해 눈을 끓인다
도처에 가득한 죽음
〈뉴욕 타임스〉

러시아-우크라이나 첫 외무장관 회담,
"진전 없이" 끝나
〈더 위크〉

우크라이나 위기가 세계 식량 부족에 공포를 더하다
〈더 스코츠맨〉

클리츠코 키이우 시장,
"키이우 인구의 절반이 대피했다"
〈키이우 포스트〉

15번째 날

부다페스트 공원 산책•
새로운 사람들을 만나다

밤사이 오데사[37]에서 온 난민들이 숙소에 도착했다. 아침나절에도 다른 난민들이 더 도착했다.

할머니와 나는 이따가 들라라와 톰을 만날 거고 난 그들에게 내 일기를 읽어 줄 생각이다. 빨리 만나고 싶다. 나머지 채널4 기자들은 벌써 몰도바에 도착했다.

할머니랑 산책을 가기로 했는데, 이번엔 지난번보다 조금 더 자신감이 생겼다. 우린 공원 근처를 거닐었다. 오늘은 따뜻하고 햇살이 밝은 날이었다.

산책을 마치고 숙소로 돌아왔다. 들라라와 톰이 와서 내가 일기를 읽는 모습을 촬영했다.

나는 날마다 친구들에게 문자를 보내고 전화를 건

다. 그 애들에게 하르키우 상황이 어떤지 묻는다. 아직 거기 머물고 있는 지나 할머니와 요시프 할아버지와도 통화한다.

　　　내일은 아주 중대한 날이다. 기자들을 만난 후, 나는 이 사실을 일기장에도 비밀로 지켜 왔다. 내일이 되면 모든 걸 말할 수 있을 것이다.

아일랜드

16번째 날

2022년 3월 11일

다른 나라로 가다•폭동이 일어나다•
누군가가 우릴 기다리고 있다

오늘 나는 아일랜드 더블린으로 떠난다. 이 사실을 일기에조차 쓰지 않고 오랜 시간 비밀로 지켜 왔다! 이제는 말할 수 있다. 기자들을 만난 날부터 난 그들에게 우릴 영국으로 갈 수 있게 도와 달라고 부탁했다. 3일쯤 지난 뒤, 그러기 위해서는 우리에게 영국에 사는 가족이 있어야 한다는 사실을 알게 됐다. 그들은 우리가 영국 대신 아일랜드나 프랑스로 가는 건 가능하다고 말했다. 프랑스인들이 이민자들에게 그렇게 친절하지 않다고 들은 데다, 나와 할머니는 프랑스어를 전혀 못 한다. 그래서 우린 아일랜드로 가기로 했다.

전화로 대화를 나누는 동안 닉은 방법과 절차에

대해 설명하며 우리에게 서류를 보냈다. 기자들이 그 과정을 쭉 도와준 덕에 할머니와 나는 아무 문제 없이 부다페스트까지 올 수 있었다. 더블린으로 가는 비행기 표는 어제 구했다. 톰과 들라라가 휴대폰으로 비행기 표를 보여 줬다.

나와 할머니는 공원을 산책한 뒤 쇼핑센터에 가기로 했다. 그곳에서 톰과 들라라를 만났고 카페에 가서 이야기를 나눴다. 처음엔 그들이 우리를 아일랜드까지 데려다주겠다고 했지만, 지금은 그러지는 못할 것 같다고 한다. 그들이 우릴 숙소로 데려다준 뒤 할머니와 나는 짐을 싸기 시작했다. 그러고 나서 길에 앉아 있다가[38] 공항을 향해 출발했다.

공항에 도착해서 안으로 들어갔다. 모든 게 준비돼 있었고 할머니와 나는 비행기 표를 받았다. 보안 검색대까지 가서 톰과 들라라에게 안녕을 고했다. 톰과 들라라는 뭐든 도움이 필요하면 연락하라고 했다. 보안 검색대를 통과하고 출국 라운지까지 갔다. 게이트 번호가 뜰 때까지 앉아서 기다렸다.

한 시간이 흘렀다. 게이트 번호가 화면에 떴다. B24다. 할머니와 나는 출입국 심사대로 갔다. 출국 심사를 통과한 후 게이트 근처까지 이르렀다. 이제 우리에게 남은 일은 기다리는 것뿐이었다.

비행기가 연착되고 있었다. 원래는 8시 20분에 출발하는 비행기였다.

30분 동안 줄을 서 있었다. 마침내 줄이 움직이기 시작했다. 승무원이 탑승권을 확인하고 마스크를 쓰라고 했다. 주머니를 뒤졌다. 마스크가 없으면 비행기에 탈 수 없다. 전쟁이 일어나고 있지만, 그래도 '코로나는 코로나'다. 난 이 사소한 일로 비행기를 못 탈까 봐 두려워졌다. 하지만 다행히도 모든 것이 해결됐다. 내가 절망에 빠지려 할 때 승무원이 할머니와 나에게 마스크를 주었다. 줄 선 사람들이 천천히 비행기 안으로 들어섰다.

이륙까지는 오래 기다려야 했다. 드디어 비행기가 움직이기 시작했다. 나는 휴대폰을 집어 들어 영상을 찍었다. 활주로에 진입한 비행기가 속도를 냈고, 결국 이륙했다! 환상적이었다. 우리는 안전한 나라로 향하는 중이었고 공항엔 우리를 만나려고 기다리는 사람들이 있을 것이다. 너무 행복했다.

이륙하기 전, 우리를 맞이해 줄 더블린의 호스트들에게 전화를 걸었다. 캐서린 아줌마와 그녀의 남편 개리 아저씨다. 그들과 공항에서 만날 것이다. 비행 시간은 2시간 40분이다. 더블린에 도착한다는 사실에 한없이 설렌다.

마침내 비행기가 착륙했다. 더블린에 도착한 거다! 휴대폰의 비행기 모드를 해제하자 메시지 수신음이 쉴 새 없이 울렸다. 모두에게 답장하고 싶었지만 인터넷이 연결돼 있지 않았다.

비행기에서 내려 여러 개의 긴 복도를 따라 걸었다. 출입국 관리소까지 가는 길이 빙빙 도는 것처럼 느껴졌다. 할머니의 서류 때문에 잠깐 문제가 생겼지만 잘 마무리됐고 할머니에게는 90일짜리 비자가 주어졌다. 나중 일은 차차 해결할 방법을 찾을 거다. 지금은 그저 우릴 기다리는 사람들이 있는 곳으로 가려고 한다.

우린 출구로 가는 방향을 물었다. 그리고 출구를 통과하자 그곳엔 우리를 기다리는 한 무더기의 사람들이 있었다. 텔레비전 리포터들, 우리 호스트의 친구들과 가족 그리고 물론 호스트인 캐서린 아줌마 부부까지. 따뜻한 환영이었다. 우린 계속해서 서로를 포옹했다.

너무 행복했다.

더블린 공항에서 받은 환대.
나, 캐서린 아줌마와 할머니.

더블린에 생긴 새 친구!

밤 11시

차를 타고 숙소로 갈 거다. 아일랜드 사람들은 몹시 친절하고 다정하다. 그건 그렇고, 여기선 도로 위에서 차들이 좌측통행을 한다.

새벽 3시

차에 타고 있을 때, 나는 채널4 뉴스팀에게 전화를 걸었다. 우리를 여기까지 안내해 준 것에 대해, 멋진 호스트를 소개해 주고 할머니와 내가 안전하다고 느낄 수 있게 해 준 것에 대해 감사의 말을 전했다.

아주 늦게, 자정에야 숙소에 도착했다. 이 집에는 버디라는 개가 있다. 버디를 꼭 안아 주었다. 집 안을 둘러보고 방을 안내받았다. 난 선물 세례를 받았다. 새 파자마 세트, 세면용품, 편안한 옷들과 장난감. 너무 기뻐서 잠을 이룰 수 없을 지경이라 지금 이 글을 쓰고 있다.

2022년 3월 12일

'전쟁 일기'를 손에 든 우크라이나 소녀 예바(12세),
더블린 공항에서 호스트 가족에게 환영받다
〈아이리시 인디펜던트〉

17번째 날

따뜻한 환영 •
긍정적인 기분을 느끼다

오늘은 새로운 나라에서 새로운 날을 맞이했다. 새로운 이웃들을 만났고 그들은 아일랜드에 온 나를 따뜻하게 환영했다. 우린 서로를 안아 주었다. 그들은 우리와 만난 것을 정말 기뻐했다. 영어를 한마디도 못 하는 할머니조차 이들의 진심을 느낄 수 있었다. 몇몇 사람이 꽃을 가져왔다. 다른 사람들은 선물을 가져왔다. 너무나 사랑스러운 느낌이었다.

우린 앉아서 이야기를 나눴다. 그들은 나와 할머니가 겪은 일에 많은 관심을 보였다. 이웃 중 한 사람이 자기 집으로 가서 피아노를 치지 않겠느냐고 물었다. 그러고 싶었지만 거의 한 달 동안이나 피아노를 치지 않았다. 처음엔 내가 배운 걸 기억해 내는 데 애를 먹었지만, 곧 모든 선율이 되살아났다. 피아노 소리를 다시 들으니 정말 좋았다. 클래식 음악을 연주한다는 사실은 너무 큰 기쁨이었다.

저녁 7시

저녁에는 더 많은 이웃이 찾아왔고 그중엔 나와 나이가 같은 여자아이도 있었다. 그 애의 이름은 니나다. 니나가 자기 집에 가서 함께 베이킹을 하지 않겠느냐고 물었다. 나는 온갖 재료로 맛있는 빵을 굽는 걸 정말 좋아하기 때문에 그러겠다고 했다. 재료를 섞으면서 니나와 재미있게 수다를 떨었다. 스콘을 오븐에 넣고 난 뒤, 니나의 엄마까지 합세해 같이 보드게임을 했는데 정말 신났다. 내가 이겨서 더 기분 좋았다.

게임이 끝나자 스콘을 오븐에서 꺼내야 할 시간이 됐다. 스콘이 예쁘게 잘 구워졌다. 이제 캐서린 아줌마네 집으로 돌아가야 했다. 너무너무 재미있는 저녁이었다! 다 같이 나눠 먹을 스콘을 가져왔고 모두가 좋아했다. 다 떠나서 정말 맛있었다!

마침내 다시 피아노를 치다.

18번째 날

2022년 3월 13일

인터뷰•우크라이나 교회를 방문하다•
아일랜드해

오늘 아침, 아일랜드 기자 몇 명이 저녁 뉴스에 나올 내 인터뷰를 촬영했다. 내 모습이 TV에 나온 걸 처음 보는 순간이 되겠지만, 그 사실이 전혀 기쁘지는 않다. 나는 계속해서 우크라이나에 대해 생각하고 있다. 깊은 내면에서 나는 고통을 느낀다.

인터뷰가 끝나고 할머니와 미사를 보러 우크라이나 성당에 갔다. 우리 자신과 하르키우에 남은 사랑하는 사람들을 위해 기도드렸다.

개리 아저씨가 우리를 데리러 왔는데, 나는 버디도 함께 차에 타고 온 걸 보자 너무 기뻤다. 아저씨가 아일랜드해 근처의 해변을 걷지 않겠냐고 물었다. 우린 좋아서 펄쩍 뛰었다!

해변에 도착하자 얼굴과 머리카락 사이로 부는 바람이 느껴졌다. 모래사장으로 내려갔는데 썰물 때라 해변은 널찍해 보였다. 사진을 몇 장 찍었다. 바다는 숨이 멎을 만큼 아름다웠다. 나는 따뜻한 코트로 몸을 완전히 감싸고 있었지만, 바다에서 카이트 서핑을 하는 사람들은 추위 따윈 아랑곳하지 않고 용감하게 물로 뛰어들고 있었다. 파도를 가르는 그들의 모습은 정말이지 멋졌다. 바다는 마치 하늘을 비추는 거울 같았다. 나는 모든 멋진 순간을 즐기며 모래사장을 달렸다. 감정이 벅차올랐다. 버디도 여기저기로 폴짝거리며 뛰어서 나는 계속 그 뒤를 쫓아다녔다. 너무 짜릿했다.

그런 다음 도시 구경을 하러 갔다. 강둑을 따라 나무들이 심겨 있었다. 하르키우의 잔디밭과는 다르게 직접 안에 들어가 뛰어도 되는 멋진 공원들도 있었다.

집에 돌아왔을 때 퍼퍼[39]는 기진맥진해 있었다. 정말 아름다운 날이었다.

20번째 날

하르키우 소식•개리 아저씨네 학교•
이민 박물관•켈스의 서

어제 지나 할머니와 요시프 할아버지에게 전화를 걸었다. 할머니와 할아버지는 머물던 대피소를 옮겨서 지금은 하르키우 남쪽의 하하리나 거리 어딘가의 지하에 숨어 있다고 했다. 잘 곳과 씻을 곳, 요리하고 먹을 곳이 있어서, 전보다 훨씬 편안한 공간이라고 한다. 지난번 할아버지와 할머니가 머물던 대피소는 매우 찝찝하고 습기가 많았기 때문에 이제야 안심이 됐다.

할머니의 친구 마르파는 빵을 사러 가는 길에, 텐트를 쳐 놓고 사람들에게 구호품을 전달하는 자원봉사자들을 봤다고 했다. 그러나 다음 날 그 자리에 갔을 때 텐트는 사라지고 없었다. 남아 있는 건 건물이 무너지고 난 뒤의 돌무더기뿐이었다고 한다.

아침 8시

　캐서린 아줌마 부부는 둘 다 학교 선생님이다. 오늘 나는 개리 아저씨의 학교를 방문했다. 다른 여자아이들도 만났다. 나보다 나이가 많은 아이들이었지만 그래도 재미있게 어울려 놀았다. 그러고 나서 학생 전체가 소풍을 가기 위해 학교를 나섰다. 기차를 타자 창밖으로 더블린 시내가 보였다. 신기한 점은 5층을 넘는 건물이 하나도 없다는 점이다. 유럽풍의 거리, 환상적인 빨간 건물들. 이 도시에 전철이 없다는 사실이 놀라웠다.

　우린 리피강을 가로지르는 다리 위를 건넜다. 정말 멋졌다. 고개를 돌릴 때마다 다른 모양의 다리들이 눈에 띈다. 각각 독특한 특징이 있는 다리들이다. 어떤 다리는 크고 긴 데다가 위로 차가 지나다닐 수 있게 만들어졌다. 크기가 작고 보행자들만 건널 수 있는 다리도 있다. 우린 더블린에서 가장 유명한 거리인 그래프턴 거리를 걸었다. 강 옆을 걷다가 아일랜드 이민 박물관으로 향했다.

　마치 일렬로 늘어선 거위 떼처럼 우리는 꼭 붙어

다녔다.

　　그 뒤 박물관의 유리 건물에 들어갔다. 박물관 통행증도 받았다. 박물관 지도가 그려져 있고 관람한 전시를 스탬프로 찍을 수 있는 귀여운 책자였다. 우리는 전시실 안으로 들어갔다. 아일랜드 역사에 대한 여러 정보가 있었지만 전부 알아들을 수는 없었다. 벽 위에는 영상이 영사되고 있었다. 우리는 법원의 역사, 기근, 전쟁, 국경일, 아일랜드 음식과 춤에 대해 배웠다. 나는 몇 가지 아일랜드 춤 동작을 따라 해 보기도 했다. 자랑은 아니지만 내가 생각해도 꽤 잘한 것 같다!

　　박물관을 관람한 후에는 트리니티 대학에 갔다. 가는 도중 길과 상점들이 얼마나 예쁜지 눈이 휘둥그레질 지경이었다. 그리고 도서관에 가서 《켈스의 서》[40]를 봤다. 라틴어로 쓰인 1200년이나 된 엄청나게 큰 책이다. 사진을 찍는 건 허용되지 않았다. 그 뒤 우리는 계단을 올라가 아주 긴 도서관에 입장했다. 두 개의 층이 책으로 가득했다. 여기서 푸시킨의 시집도 발견할 수 있으리란 건 확실하다(작가를 생각하려고 했을 때 갑자기 푸시킨이 떠올랐는데, 왜인지는 모르겠다). 누군가가 휴대폰으로 '해리포터' 주제곡을 틀었는데, 그 음악을 듣자마자 나는 마치 호그

와트에 와 있는 기분이 들었다.

기차로 돌아오는 길에 멋진 버스를 봤다. 런던에 있는 버스와 비슷하지만 색감이 훨씬 화려했다. 집에 도착했을 땐 너무 피곤해서 발을 옮길 수조차 없을 정도였다. 뛰쳐나온 버디가 내 위로 달려들어 꼭 안아 줬다. 행복한 기분으로 깊은 잠에 빠져들었다.

21번째 날

2022년 3월 16일

캐서린 아줌마네 학교•아일랜드 춤•
스뱌토히르스크가 파괴되다

이곳 생활을 즐기고 있지만, 오늘은 슬픔이 날 압도했다. 집, 친구들, 학교가 그립다.

캐서린 아줌마는 자신이 선생님으로 일하는 학교에 나를 데려갔다. 그러자 내 슬픔은 조금씩 사라졌고 학교에서 만난 여자아이들과 다시 아일랜드 춤을 췄다. 수업도 재미있었다. 쉬는 시간에 아이들과 함께 초록색 뜰로 나갔다. 도서관에서 영어로 된 책을 읽으려고 했지만 어렵고 잘 이해할 수 없어서 번역 앱을 써야 했다. 영어 실력을 좀 키워야 할 것 같다. 많이 걱정은 안 한다, 배우면 되니까.

내가 더블린에서 멋진 하루를 보내는 동안 하르키

우와 도네츠크주에서는 끔찍한 일이 벌어졌다.

학교 바로 옆에는 커다란 쇼핑센터가 있었는데, 이제 그 건물은 사라졌다. 폭격으로 파괴됐다. 러시아군이 남아 있는 우크라이나 생존자들에게 화학 무기[41]를 쓸 거라는 소문이 돌고 있다. 이쯤 되면, 이건 그저 우크라이나인에 대한 학살이라고밖에 생각할 수 없다.

우크라이나엔 스뱌토히르스크라는 유명한 도시가 있다. 아름다운 수도원이 있는 곳이다. 작년 여름, 난 그곳을 방문해 휴식을 취하고 삶을 즐겼다. 그런데 오늘 그곳은 폭파됐다. 영영 사라져 버렸다.

22번째 날

영국 기자들이 찾아오다•
나의 첫 성 패트릭 데이

오늘은 내 친구들, 그러니까 채널4의 기자들이 더블린에 온다. 성 패트릭 데이이기 때문이다. 너무 들뜬다. 나는 축제 행렬에 참여할 거고, 그러려면 초록색 옷을 입어야 한다.

캐서린 아줌마와 함께 초록색 아이싱으로 컵케이크를 만들었다. 나는 다 섞어서 한번에 입에 넣었는데, 글쎄, 이가 온통 초록색이 돼 버렸다. 이를 닦을지 말지 고민하며 5분이나 시간을 보냈다. 초인종이 울릴 때까지도 그 생각을 하고 있었다. 몹시 곤란한 상황이었다.

하지만 얼른 닦았더니 다시 이가 하얗게 되었다. 후유!

복도로 나오니 파드라그 아저씨와 뉴스팀이 있었다. 우린 포옹을 나눴다. 나는 그들이 너무 보고 싶었다.

퍼레이드가 펼쳐지는 거리에 도착하자 기자들이 내 영상을 찍었다. 더 잘 보이는 곳으로 가기 위해 작은 인파를 헤치고 나갔다. 그곳엔 각양각색의 사람들이 있었다. 군인, 음악가, 곡예사, 떠올릴 수 있는 모든 모습의 사람들이 전부 다 있었다. 아일랜드 역사와 전래 동화에 등장하는 인물로 분장한 사람들도 있었지만, 할머니와 나는 그들이 어떤 인물인지 전혀 알 수 없었다. 아직은 말이다. 또 어떤 분장을 한 사람이 나타날까 기대하며 신나게 지켜보았다.

퍼레이드가 거의 끝나고 자리를 떠나려고 했지만, 파드라그 아저씨가 보이지 않았다. 우리는 그를 찾아 나섰다. 시내의 절반쯤 뒤졌다고 생각했을 때야 겨우 아저씨가 나타났다.

그러고 나서 우크라이나 국기로 몸을 감싼 커플을 만났다. 할머니와 나는 그들에게 말을 걸었다. 그들은 바로 며칠 전 더블린에 왔다고 했다.

내가 가장 궁금했던 건 "당신이 있던 곳에도 전투기가 많았나요? 그 끔찍한 소음 속에서 어떻게 버텼나

더블린에서 성 패트릭 데이를 즐기는 나.

요?"였다.

그들은 "전쟁 첫날, 거리를 달려갈 때 머리 위로 전투기가 지나가는 걸 봤어. 그 뒤 우린 다섯 개의 나라를 옮겨 다녔고 결국 더블린에 왔지"라고 대답했다.

긴 대화는 아니었지만 모든 걸 떠올리게 하기에 충분했다. 좋은 것과 나쁜 것 모두. 그러자 슬픔과 고통이 밀려들었다. 눈에 눈물이 가득 고였다. 우리 집이 폭격에서 무사하길 바라면서 기도했던 순간들이 떠올랐다. 나는 하르키우와 하르키우에서 한때 중요했으나 이제는 파괴된 모든 것에 대해 생각했다.

집으로 가려고 택시에 올라탔을 때 눈물이 흐르기 시작했다.

2022년 3월 18일

열두 살 우크라이나 소녀 예바는
러시아의 공격으로 난민이 된 수백만 명 중 하나다.
예바는 긴 여정에 대한 일기를 써 왔고
지금은 아일랜드에서 안전하게 머물고 있다.
채널4 트위터

23번째 날

동물원에서 즐겁게 놀다 •
이해할 게 많다

오늘 우리는 동물원에 갔다. 너무 신났다. 더블린의 동물원은 어떨지 궁금했다.

차를 타고 커다란 공원에 갔다. 개방된 초록 공간과 덤불 숲이 펼쳐져 있었다. 차에서 내려 잔디 위를 뛰어다니고 싶었다. 동물원은 너무 커서 전체를 보려면 하루를 다 써야 할 것 같았다. 근처에 아일랜드 대통령의 집이 있지만, 우린 그쪽에 들르지는 않았다.

공원은 대단했지만, 그조차 빙산의 일각일 뿐이었다. 동물원은 실로 엄청났다. 여우원숭이들은 마치 자신들이 동물원에 살고 있다고 전혀 생각하지 않는 것처럼 뛰어다녔다. 털 색깔도 다 달랐다. 빨간 놈과 회색 놈도 있었고 까만 놈들도 있었다. 호랑이는 자신이 나타날 때까지 기다리라는 듯 나무 뒤에 숨어서 사람들을 약 올렸다. 그동안 사자들은 세상일 따위 신경 쓰지 않겠다는 듯 햇볕 아래 누워 있었다. 바다표범은 계속 수면 위로 머리를 내밀었다가 다시 물 아래로 깊이 잠수하기를 반복했다. 일곱 마리 정도의 기린이 옹기종기 모여 나뭇잎을 쿡쿡 찌르며 먹으려 하고 있었다. 고릴라들은 자신들의 구역에서 대화를 나누며 시간을 보냈다. 우리는 코끼리 우리에 가는 길에 대나무 숲에서 길을 잃을 뻔했다. 코뿔소가 얼마나 큰지는 결국 보지 못했다.

반쯤 둘러봤을 때 정말 예쁜 광경이 나타났다. 햇빛 아래 반짝이는 인공 폭포가 모습을 드러낸 거다. 작은 정글로 둘러싸인 호수에서는 원숭이들이 나무에서 나무로 점프하며 뛰놀았다. 호수 위에 걸쳐진 작은 다리를 건너자 작은 섬이 나타났다. 철제 울타리 위로 올라가 원숭이들의 섬에서 함께 놀고 싶었지만, 너무 피곤해서 그러지는 못했다. 그들이 허락한다고 해도 말이다! 걷는 게 점차 힘들어지고 있었다. 동물원에서의 시간은 즐거웠지만 체력이 바닥이었다. 다 구경할 시간은 없었어도 확실히 놀라운 것들을 보긴 했다.

날이 갈수록 더블린에서의 생활이 점점 더 재밌어진다. 점점 더 멋져진다.

25번째 날

2022년 3월 20일

하루하루 무거워지는 마음•끝없는 참혹함•성과 들판•
개리 아저씨가 유년 시절을 보낸 바다와 암벽

오늘 일기는 아직 고향에 남아 있는 친구들과 가족들에게 바치고 싶다. 할머니의 친구 마르파는 하르키우가 어떻게 됐는지 말하는 것 자체가 고통이라고 한다.

병원 근처의 건물들은 한 블록 전체에 불이 났다. 지역 난방 사무소는 지구상에서 아예 사라졌다.

할머니의 또 다른 친구 안젤라는 우리 아파트 근처에 있는 유치원이 폭격당한 영상을 보내 줬다. 안에는 아무도 없었겠지만, 아파트가 무사하길 바란다.

우리 이웃 중 한 사람은 어머니와 함께 독일로 피신했다. 할머니의 친구 넬야 할머니는 아들과 함께 폴란드로 도망쳤다. 지나 할머니와 요시프 할아버지는 하르키우 하하리나 거리의 지하실에 아직도 숨어 있다. 이모와 삼촌은 사촌들과 함께 폴타바에 있다.

우린 몬트로나에게 전화했다. 그녀는 장례식장에서 일하는데, 장례식 한중간에 폭격이 시작됐다고 한다. 몬트로나는 자신이 살아남을 수 있을지 두렵다고 했다.

지난 며칠간 우린 진정한 관광객처럼 지냈다. 오늘은 말라하이드성과 아름다운 해변에 갔다.

가는 길에 공원에도 들렀다. 파란 하늘은 각기 다른 음영으로 가득했고 하얀 구름이 그림처럼 낮게 깔려 있었다. 초록빛 잔디는 깔끔하게 정돈돼 있었다. 너무 예뻐서 막 달려가 뛰어놀고 싶었다. 공원 전체에 자유의 향기가 풍겼다.

우린 차를 주차하고 키가 큰 소나무 숲으로 향했다. 그런 다음 성으로 갔다. 멀리서 탑 하나가 얼핏 보였다. 마치 중세 시대 건물 같았다. 모퉁이를 돌자 말라하이드성이 찬란한 모습을 드러냈다. 12세기에 지어진 성이지만 지금도 여전히 멋지다. 뒤를 돌자 널찍한 빈터가 보였다. 나는 버디를 따라 달리기 시작했다. 불쌍한 버디는 계속 넘어지면서도 자꾸 일어나 달렸다. 풀 위에 누워 버디의 몸 위로 팔을 둘러 안았다. 자유로운 기분이었다.

개리 아저씨가 자신이 어린 시절을 보낸 포트마녹해 변에 가자고 제안했다.

그곳엔 파란 하늘과 모래톱이 지평선까지 뻗어 있었다. 두 사람이 산책하고 있었는데, 내 눈엔 그들이 하늘 위를 걷는 것처럼 보였다.

우리는 아래로 몇 발자국을 내려왔다. 파도는 치지 않았다. 햇살을 반사한 웅덩이가 꼭 얼음을 뒤덮은 것처럼 보였다.

해가 저물기 시작하자 하늘은 말이 안 나올 만큼 아름다웠다. 파도가 바위 위로 내리쳤다. 바다에서 부드러운 바람이 불어왔다. 모험심을 발휘해 바위 위에 올라갈까 했지만 미끄러웠다. 조금 더 자신감이 생길 무렵, 할머니가 아래로 내려와 사진을 찍자고 했다. 거기까지 올라가느라 고생했는데 다 소용이 없어지자 몹시 허망했다. 난 멋진 수평선을 바라봤다. 푸른빛, 분홍빛이 감도는 보라색과 연하늘색으로 물든 하늘을 올려다봤다. 황홀했다. 바라보는 걸 멈출 수 없었지만, 어느덧 돌아갈 시간이었다.

이 모든 게 멋지고 아름다웠지만, 매일 밤 자기 전

에 할머니와 나는 우크라이나와 하르키우의 뉴스를 찾아 본다. 그래드 미사일과 로켓은 우릴 절망에 빠지게 한다. 나의 가족들은 지하 대피소에 숨어 있다. 그 생각은 나를 끔찍하고 두렵게 한다.

아일랜드해에서의 나.

26번째 날

2022년 3월 21일

예바
너희 우크라이나에 있니?

예우헨
응

플리몬
나도

예우헨
난 국경 근처야

플리몬
난 체르카시 근처

예바
난 외국이야

예바
전쟁에서 먼 곳에 있어

28번째 날

2022년 3월 23일

영혼의 울부짖음·
하르키우의 고통

전쟁이 시작된 지 한 달이 지났다. 전쟁은 내 친구와 가족, 모든 사람에게 너무나 큰 고통을 안겼다. 이 전쟁으로 얼마나 많은 목숨이 이미 사라졌으며, 앞으로도 얼마나 더 많이 사라지게 될까. 내일 무슨 일이 일어날지, 아니 당장 한 시간 안에, 아니 심지어 1분 안에 무슨 일이 일어날지 아무도 모른다.

전쟁이 어떤 건지 모르는 사람이 많을수록 좋다. 그러면 세상은 더 행복한 곳이 될 거다. 전쟁보다 더 끔찍한 것은 없으니까.

매일매일 조국에서, 내가 살던 고향에서 벌어지는 일들을 뉴스로 볼 때마다 내 마음은 갈기갈기 찢어진다. 전쟁에서 살아남은 사람들은 절대 이전과 같을 수 없다. 그들이 다시 삶을 즐기고 하루하루를 즐긴다 하더라도 그건 전쟁 없는 날들이기 때문일 거다.

전쟁을 겪은 이들은 이제 포격과 미사일 소리에 잠에서 깨는 게 어떤 건지 알고 있으며, 앞으로도 영원토록 그 소리를 잊을 수 없을 것이다. 그리고 고향을 위해 매일 기도하는 게 어떤 기분인지도 말이다. 오늘 당장 집이 미사일에 맞지 않아도 내일은 상황이 달라질 수 있다.

매일 점점 더 많은 민간인 거주지가 폭격을 당하고 있다. 그리고 나는 "왜 싸우죠? 누가 무너진 공간을 다시 지어 올릴 거고, 그렇게 되려면 얼마나 걸리나요? 대체 왜 이런 일을 시작한 거죠?"라고 외치는 게 점점 지겨워진다. 우린 평화롭고 행복하게 살고 있었다!

날 가장 고통스럽게 하는 건 무고한 시민과 아이들이 죽임을 당한다는 사실이다. 러시아군은 여기저기 무자비하게 폭탄을 터뜨리며 수많은 도시를 지구상에서 지워 내고 있다.

우리 집 모습.
하르키우를 생각하면 한없이 슬프다.

33번째 날

2022년 3월 28일

편지•감사

이제 기자들이 다른 일을 취재해야 할 때가 왔다. 채널4 뉴스팀은 내게, 앞으로 꽤 오랜 시간 동안 그들로부터 소식을 들을 수 없을 거라는 이메일을 보내왔다. 특정한 사람에 대해 주목하는 뉴스를 내보내야 할 때도 있지만, 다른 중대한 일들에 관한 보도를 해야 할 때도 있는 거다. 나와 할머니가 안전한 나라에 있다는 사실에 그들은 안심하고 있다. 그들이 이제 다른 일에 집중해야 한다는 사실을 누군가는 받아들이기 힘들 수도 있다. 왜냐하면 긴 여정 속에서 만났던 사람이 자신을 떠나 다른 곳으로 향한다는 기분이 들 수도 있기 때문이다. 하지만 그래도 진실은 사라지지 않는다. 그들은 우릴 영원히 잊지 않을 거고, 우리도 그들을 영원히 잊지 않을 거다. 난 우리가 영원히 친구로 지내길 바란다. 나는 그들에게 영어로 편지를 보냈다.

　　　　파드라그 아저씨와 모든 채널4 식구들에게

　　　　당신들은 나와 할머니가 살면서 만난 사람들 중 가장 친절했어요. 우리의 삶을 더 좋게 만들어 줬으니까요. 당신들을 만나지 않았다면 우리의 삶이 어떻게 됐을지 모르겠습니다. 당신들은 우리를 전쟁에서 구해 내 목숨을 살려 줬어요. 너무나 대단한 일이었고, 같은 상황에서 다른 사람들은 쉽게 할 수 없었을 일이에요. 지금 우리가 안고 있는 문제들도 결국 잘 해결될 거고, 모든 게 잘될 거라고 생각해요. 좋은 출판 에이전트를 소개해 준 것도 감사합니다. 어쩌면 곧 에이전트 관계자를 만나게 될 테고 내 일기를 출판하겠다는 출판사도 찾게 되겠죠(당신들을 만나기 전엔 이런 일이 벌어질 거라 상상하지도 못했어요). 우리가 영원토록 친구로 지내길 바라요. 자주 연락하지 못한다 해도 말이에요. 언젠가 다시 만나기를 정말 간절히 바랄게요.

하르키우를 방문한 파드라그 아저씨가
우리 집 근처에 로켓이 박혀 패인 자국을 사진 찍어 보냈다.

모두에게 행운을 빌게요. 당신들이 우리에게 해 준 일에 비하면 고맙다는 말조차 너무 작게만 느껴지네요.

예바와 이리나 할머니가

34번째 날

2022년 3월 29일

호스•등대

더블린까지 오는 여정은 내가 '여행'이라고 생각했던 모든 기준을 바꿨다. 오늘 야자나무를 몇 초간 봤을 때 증조할머니가 살던 소치[42]로 되돌아간 것 같았다. 그 나무들을 여기서 보는 게 이상했다. 소치의 일부가 여기 나와 함께 있는 것 같았다. 예전에 나는 바닷물을 첨벙거리며 온 여름을 그곳에서 보내곤 했었다. 하지만 전쟁은 러시아와 우크라이나를 갈라놓았다. 너무 슬프다. 가족과 떨어졌다는 사실은 고통스럽다. 이 모든 것이 다 끝나고 러시아와 우크라이나 사이에 평화가 찾아오기를 간절히 바란다. 증조할머니가 보고 싶다.

호스 정상의 꼭대기까지 향하는 구불구불한 길을

따라갔다. 차에서 내리자 아름다운 바다가 눈앞에 펼쳐져 있었다. 길을 따라 내려가자 해변 끝에 등대가 보였다. 등대는 절벽으로 둘러싸여 철썩거리는 파도에 몸을 맡기고 있었다. 파도가 서로 만나며 용맹하게 바위에 부딪혔다. 그리고 등대는 거기 가만히 서서 바다를 내려다보고 있었다. 선박이 하나씩 지나갔다. 하늘에 구름 한 점 없이 멋진 날씨였다. 여기서 배를 타면 웨일스까지 갈 수도 있다. 바다는 끝이 없는 것처럼 보였다. 아득한 수평선이 펼쳐져 있었다. 나는 반들반들한 바위 위에 앉아 먼 곳을 바라봤다. 깊은 슬픔이 몰려왔다.

37번째 날

2022년 4월 1일

등교 첫날•새로운 선생님과 친구들•
옛 학교를 향한 그리움

오늘은 내가 아일랜드 학교에 정식으로 등교한 첫
날이다. 너무 신났다. 일어나자마자 새 교복을 입었다. 차
에 타고 더블린을 가로질러 학교로 갔다. 차들이 많았지
만 다리를 건널 때 나도 그들의 일부라는 사실에 흥분됐
다. 작은 차들이 벌집을 향하는 일벌들처럼 일터로 향했
다. 햇살이 모든 이들에게 잠에서 깨어나라고 외쳤다. 도
시가 생생하게 살아 있었다.

수업은 8시 30분에 시작했다. 휴, 간신히 시간 안
에 도착했다. 새로운 반 친구들은 모두 날 환영했고 다들
친절했다. 나는 번역 앱을 꽉 붙든 채 모든 수업을 열심
히 들었다. 우크라이나 학교에서 배우던 것들에서 벗어

나 이젠 아일랜드 교육 과정을 배워야 한다. 게다가 그 모든 것을 새로운 언어로 익혀야 한다. 이 학교는 여학교고 나는 벌써 친구들을 몇 명 사귀었다. 몹시 즐거웠다. 모든 게 영어로 이루어졌다. 학교에는 새 선생님들, 초록색 테니스장, 내가 피아노를 칠 수 있는 그랜드 피아노도 여러 대 있다. 커다란 도서관도 있다. 학교 운동장은 온전하고 아름답다. 정말 멋지다!

새로운 친구들과 선생님은 모두 친절했지만, 옛 친구들과 선생님이 그리웠다. 전쟁이 우리를 세계 각지로 흩어 놓았다.

사람들은 매일 하르키우를 떠난다. 우리 친구 마르파도 마찬가지다. 전쟁이 시작된 후 마르파와 마르파의 가족은 계속 대피소를 옮겨 다녔다. 집을 떠나는 걸 원하지 않았기에, 마치 장난감 병정[43]처럼 그들은 견딜 수 없을 때까지 견뎠다. 매일 그들은 이 상황이 곧 끝나기만을 바랐다. 하지만 순식간에 모든 게 바뀌었다. 마르파가 사는 곳에서 아주 가까운 데 미사일이 날아들어 어떤 아이가 죽었으며 여러 시신 조각이 사방으로 튀었다. 이제 그들은 도망쳐야 한다는 걸 깨달았다. 일곱 명이나 되는

새 교복을 입은 나.

대식구가 하르키우를 떠나 드니프로로 가는 걸 도와줄 자원봉사자들을 찾고 있다.

　　'난민'이라는 단어를 견디는 게 힘들다. 앞으로도 영원히 그럴 것 같다. 할머니가 우리 스스로를 난민이라고 칭하기 시작했을 때, 나는 할머니에게 당장 그렇게 말하는 걸 그만두라고 했다. 속으로는 부끄러웠다. 왜 부끄러웠는지 이제야 겨우 알 것 같다. 집이 없다는 것을 인정하는 게 창피하다. 집을 떠나 지하 대피소로 도망간 바로 그 순간부터 참을 수 없는 기분이었다. 내 꿈은 머지않은 미래에 우리가 다시 우리만의 집을 갖게 되는 것이다.

61번째 날

2022년 4월 25일

짐을 옮기다•고양이 인형 츄파펠야는 무사하다•
우리 집 상황

전쟁이 시작된 지 거의 두 달, 상황은 조금 진정되고 있다. 그동안 우리 집은 아직도 그곳에 버티고 서 있다. 양쪽에서 폭격을 당해 유리창이 깨지고 문이 날아간 채로 말이다. 최악인 건 정교회 부활절[44] 기간에도 폭격이 계속됐다는 것이다. 러시아는 부끄럽지도 않나. 정말이지 견디기 힘들다!

집에 남아 있는 짐을 다시 찾아야겠다고 결심하고 나서, 할머니와 나는 그 위험한 곳에서 우리 물건들을 꺼내 올 수 있는 사람이 없는지 수소문했다.

결국 할머니는 우리를 도와줄 트로핌이라는 사람의 전화번호를 얻었다. 트로핌은 샹들리에를 포함해 우

리가 원하는 걸 전부 집에서 빼내 주겠다고 했다. 그는 이
미 상점이나 자동차, 아파트에 남은 물건들을 옮긴 적이
있었다. 물건을 빼 올 장소와 그것들을 가져다 둘 곳만 말
해 주면, 트로핌은 (폭격이 너무 심하지 않다는 전제 아래) 재
빨리 가서 가능한 한 모든 물건을 꺼내 오겠다고 했다.

집을 급히 떠날 때, 난 유화 물감(할아버지가 준 새
해 선물[45]이다)과 내가 가장 좋아하는 옷들 그리고 내 멋진
인형 츄파펠야를 챙기는 걸 잊었다!

할머니는 아파트에서 가져오고 싶은 물건들의 목
록을 적고 각각 어디 있는지 써 내려갔다. 할머니는 내 유
화 물감을 목록에 넣었지만, 츄파펠야는 빼자고 했다. 나
는 슬펐지만 그래도 트로핌이 츄파펠야를 구해 내 다른
물건들과 함께 할머니 친구 집에 갖다 놓을 수 있기를 바
랐다. 내일 아침 일찍 트로핌은 우리 집으로 가서 물건을
빼 오기로 했다.

하지만 오늘 벌써 그는 우리 친구의 자동차를 찾
아서 차가 온전한지, 누가 훔쳐 간 물건은 없는지 확인했
다. 또한 우리 집과 친구 집을 모두 방문해 상태가 어떤지
도 살펴봤다.

우리 친구의 차는 처음 있던 자리에 그대로 있었

다. 유리창은 폭격으로 조각이 났고 차 문과 트렁크가 약
간 망가져 있긴 했지만. 차 앞쪽과 보닛은 괜찮았고, 그건
차가 운전이 가능한 상태라는 뜻이었다. 적어도 누군가
배터리를 훔친 게 아니라면 말이다.

　　　차를 확인한 뒤 트로핌은 우리 집으로 갔다. 그가
휴대폰으로 우리 집 상태를 사진 찍어 보내 줬는데 사진
일 뿐인데도 보고 있는 게 고통스러웠다. 트로핌은 우리
집 현관문을 봉합한 테이프를 떼고 문을 한쪽으로 치운
뒤 안으로 들어갔다. 집 안 복도는, 전에 말했듯이 엄청난
잔해로 가득 차 있었다. 바닥엔 우리의 고급 독일제 냉장
고가 쓰러져 있었고 벽엔 동굴처럼 구멍이 났다. 현관 앞
의 옷장은 산산조각이 나 있었다. 옷들이 아무 곳에나 나
뒹굴었다. 깨진 침실 창문이 흩어지고 화분이 창틀에 던
져져 있었다. 그리고 침대 위에는 내 인형 츄파펠야가 누
워 있었다. 기적적으로 츄파펠야는 멀쩡했다. 거실 텔레
비전은 망가진 상태였다. 복도 쪽을 바라보고 있는 소파
도 꽤 심하게 망가져 있었다. 하지만 복도 바로 옆에 있던
팔걸이 의자는 멀쩡했다. 거실엔 두꺼운 먼지가 쌓여 있
었다.

우리 집의 끔찍한 현장. 여기가 복도다.
할머니의 독일제 냉장고가 바닥에 쓰러져 있다.
몇 달 뒤 다시 우리 집에 간 트로핌은
냉장고 밑에서 미폭발 지뢰를 발견했다.
그는 온 힘을 다해 도망쳤다.
그가 무사해서 정말 다행이다.

폭격 후 우리 집 현관.

트로핌은 우크라이나 시간으로 새벽 6시 30분, 우리 물건을 가지러 갈 거다. 나는 할머니 시계로 새벽 4시 30분에 알람을 맞춘 뒤, 잠을 청했다.

아침 7시 30분

학교에 갈 준비를 하고 있는데, 할머니가 좋은 소식을 알려 주었다. 트로핌이 우리 물건들을 모두 옮겼다! 복도에 있던 2미터 너비의 샹들리에를 천장에서 끊어 옮기기까지 했다. 그리고 물건들을 전부 할머니의 친구 모트로나에게 가져다줬다. 가장 중요한 건 내 유화 물감과 츄파펠야도 옮겨 놨다는 거다. 이제 츄파펠야는 모트로나와 함께 안전하다.

너무너무 기뻤다. 트로핌에게 이 은혜를 어떻게 갚을 수 있을까. 그에게 얼마나 고마운지 모른다! 마음을 짓누르던 짐이 사라졌다.

67번째 날

2022년 5월 1일

새로운 집•보우찬스크에 있는 아름다운 별장

우리가 살게 될 집이 생겼다! 사우스더블린에 있는 작은 집이다. 우리 소유의 집은 아니지만 상관없다.

할머니와 함께 집을 보러 갔다. 정원이 딸린 아늑한 집이었다. 가장 좋은 점은 걸어서 5분이면 학교에 갈 수 있다는 거다. 우리는 린다와 줄리엣이라는 친절한 사람들을 만났고, 그들이 집 주변을 보여 줬다. 여기저기 꽃이 피어 있었다.

우리는 하르키우에서 북동쪽으로 약간 떨어진 보우찬스크에 별장인 다차[46]를 한 채 가지고 있다. 크고 아름다운 집이다. 난초도 많고 꽃이 무더기로 피어 있다. 근처에 강도 있었다. 시베르스키 도네츠강 말이다. 난 신발을 벗고 하얀 수련이 피어 있는 강에서 수영하는 걸 좋아했다. 저녁에 나와 할머니는 커다란 난로에 앉아 차를 마시곤 했다. 가을엔 소나무와 참나무 숲으로 버섯을 따러 산책을 가기도 했다. 버섯은 여러 가지 종류가 있었다. 그물버섯, 밤꽃그물버섯, 꾀꼬리버섯까지.[47]

정말 멋졌다. 하지만 이제 그곳엔 러시아 점령군이 머물고 있다. 너무 슬프다.

우리에게 새로운 집을 알아봐 준 친절한 아일랜드 사람들에게 감사하다.

그 후

이제 일기를 마칠 때가 온 것 같다. 전쟁이 며칠, 몇 달, 혹은 몇 년이나 계속될지는 모르겠다. 얼마나 많은 목숨을 앗아 가고 얼마나 많은 가슴을 찢어 놓을지, 얼마나 많은 대가를 치를지 그리고 벌써 치르게 했는지는 시간이 지나 봐야 알 수 있을 것이다. 지금 이 순간에도 하르키우엔 고통받는 사람들이 남아 있고, 난 그들이 아직도 버틸 수 있는 힘과 의지를 가졌다는 사실이 놀라울 뿐이다. 전쟁이 시작된 이후로, 나는 삶이란 그 자체로 진정가치가 있다는 것을 배우게 됐다. 언제가 됐든, 모든 사람이 결국 그 사실을 알게 된다.

전쟁 첫날의 꿈을 여러 번 꿨다. 그 꿈에서 난 안

전한 어딘가로 떠날 준비를 하고 있다. 눈물이 흐르는 채로, 친구들에게 우린 다시는 만날 수 없을 거라 말하면서.

한순간에 벌어진 끔찍한 일로 삶은 완전히 뒤바뀌고 다른 방향으로 꺾였다. 전쟁 전에도 삶에는 문제가 있었지만, 그래도 좋았다. 친구들과 학교로 뛰어가던 기억이 난다. 나보다 나이가 많은 오빠들에게 예쁘게 보이려고 꾸몄던 것도 기억한다. 모든 게 자연스러웠다. 어느 날은 생일을 맞아 볼링을 하느라 지쳤었다. 그러다 나는 갑자기 지하실로 매번 달려 내려가 숨느라 지치게 되었다. 전쟁이 가져다주는 매일매일의 공포에 지쳐 가며 말이다.

어쩌면 수년이 지나 친구들과 가족을 다시 만나게 될지도 모른다. 하지만 지금은 새로운 사람이 되어 새로운 친구들을 사귀고 있다. 내가 가장 말하고 싶은 건 오직 하느님에 대한 깊은 믿음만이 기적을 불러올 수 있다는 점이다.

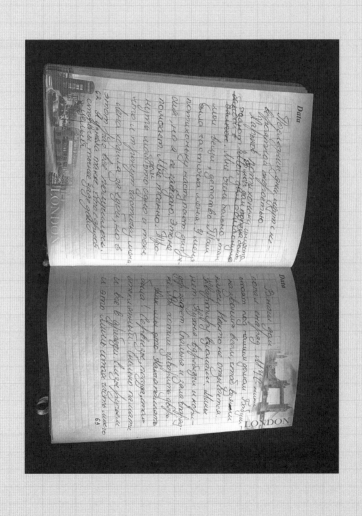

친구들의 이야기

전쟁이 시작되자 나와 친구들은 모두 각자의 길로 흩어졌다. 우리는 각자 다른 상황과 순간을 경험했고 그때마다 서로의 응원을 필요로 했다. 어떤 아이들은 전쟁 첫날에 바로 도시를 떠났고 어떤 아이들은 마지막 순간까지 버텼으며 어떤 친구들은 내가 이 글을 쓰는 지금 이 순간에도 아직 하르키우에 남아 있다. 친구 몇 명에게 내 책과 함께할 기회를 주자 모두들 기뻐서 펄쩍 뛰었다. 나는 친구들에게 자신이 겪은 일에 대해 그리고 미래에 대한 소망과 희망에 대해 이야기해 달라고 부탁했다.

크리스티나의 이야기

2022년 2월 24일 새벽 4시 50분. 나는 저 날짜와 시간을 영원히 잊을 수 없을 거다. "얘들아, 일어나라. 옷 입어. 지금 빨리, 어서……!"라고 말하던 엄마의 눈에 가득한 공포와 혼란스러운 목소리도.

나는 첫 번째 폭발음은 듣지 못했지만, 그 뒤에 이어진 폭격은 온몸으로 듣고 느낄 수 있었다.

아침 8시. 친구들을 만나고 새로운 것을 배우러 활기차게 학교에 가는 대신, 우리는 엄마의 직장 지하실로 미친 듯이 뛰어 내려가고 있었다(우리 엄마는 유치원 선생님이다).

우리는 그 지하에서 13일을 지냈다.

처음 3일 동안 우린 70명의 사람과 함께 지냈다. 어른, 아이 그리고 노인들까지 다 함께였다. 혼자 거동할 수 없는 취약한 사람들도 있었다. 세 마리의 개와 부신카라는 이름의 고양이도 있었다. 폭격이나 커다란 폭발이 있을 때마다 동물들은 이불 더미 밑으로 숨었다.

처음에는 아침 일찍 일어나 유치원 건물을 빠져나온 뒤 집에 가서 씻고 요리를 해 먹었다. 사실 그냥 집에 머물고 싶기도 했다. 매 순간 집이 그리웠다.

하지만 얼마 지나지 않아 집에 들르는 건 그만두어

야 했다. 지하 대피소를 떠나는 게 너무 위험했다. 전기가 끊어져 집이 엄청 추워졌고 도망갈 수 있는 사람들은 이미 모두 떠났기 때문에 아파트에 남은 사람도 얼마 없었다.

처음으로 미사일이 가까운 아파트를 강타해 창문이 통째로 날아가 버렸을 땐 정말 무서웠다. 그 전엔 폭발이 멀리서 들렸었다. 하지만 그 뒤로 매일 다른 아파트가 불타고, 매일 지하실에 남은 사람이 줄었다. 많은 사람이 그들의 집이 파괴되는 바람에 떠났고, 다른 이들은 지하실이 너무 추워지고 아픈 아이들이 생기면서 떠났다.

아침에 엄마, 아빠, 할아버지는 가게에 가서 구할 수 있는 음식을 사려고 애썼다. 빵조각에 설탕을 조금 뿌리면서 키이우 케이크[48]에 차를 마시는 것인 양 흉내 내기도 했다.

우리는 유치원에서 보통 낮잠 시간에 사용하는 이불 위에서 옷을 전부 다 껴입은 채로 잤지만, 그래도 너무너무 추웠다. 맑은 공기를 마시러 지하에서 나오는 일은 정말 무서웠다. 특히 밖에 있을 때 폭격이라도 시작되면 끔찍했다. 그럴 때면 그냥 바닥에 납작 엎드리는 수밖에 없었다. 학교 벽엔 파편이 남긴 자국이 새겨졌다.

13일째 되는 날, 유치원은 미사일에 맞았다.

그때쯤 지하에 남은 사람은 19명이었다. 12명의 어른들, 5명의 아이들, 혼자 힘으로 걸을 수 없는 89세와 93세의 두 할아버지. 우리 주변으로 계속 폭격이 이어져서 대부분의 사람들이 이곳에 오길 꺼렸지만, 아빠는 우리 가족을 다른 곳으로 데려다줄 자원봉사자들을 찾아냈다. 차를 타고 시내 쪽으로 이동했는데 그곳에서도 폭격이 이어졌고, 결국 전쟁이 일어나고 43일 만에 나와 엄마와 동생은 우크라이나 서쪽으로 피신했다.

내가 가장 사랑하는 사람들 중 일부인 아빠와 할머니, 할아버지는 아직도 하르키우에 있다. 그들이 너무 그립고, 그들을 너무 사랑한다.

내 가장 큰 소망은 내 고향이 평화로워지는 것이다!

올라의 이야기

평범한 날이었다. 나는 학교에서 돌아와 숙제를 하고 친구들과 수다를 떨고 고양이와 놀았다. 저녁쯤 갑자기 귀가 아팠다. 엄마와 나는 내일 아침까지 통증이 가시지 않는다면 학교를 빠져야겠다고 생각했다. 하지만 다음 날 내가 학교에 가지 못한 이유는 귀의 통증과는 아무 상관이 없었다.

　　새벽 5시. 처음에 지진이라고 착각했을 정도로 엄청난 폭발음에 잠에서 깼다. 엄청나게 무서웠고 그 순간 엄마 아빠이 얼굴에 스친 공포를 목격했다. 폭발에 대해 묻자 엄마 아빠는 전쟁이 일어났다고 했다. 나는 큰 충격을 받았다. 고양이 부스야는 마치 날 위로하려는 듯 내 옆에 앉아 있었다. 폭발음에 자기도 놀랐을 텐데 말이다. 우린 가방을 싸고 물병을 챙기기 시작했다. 공포의 한가운데에서 나는 책상 위에 놓인 모든 걸 가방에 쓸어 담았지만 그걸 다 가져갈 수 없다는 것쯤은 알고 있었다.

　　폭발음은 점점 더 커졌고 건물 1층에 다다랐을 때 너무나 두려웠다. 1층에선 폭발음이 그렇게 크지 않아서 조금 더 안전하게 느껴졌다. 휴대폰으로 게임을 하고 있으니, 마치 방패 뒤에 숨어 있는 것 같은 기분이었다. 난 폭발음을 듣지 않으려 애썼지만, 귀가 먹을 정도로 소리가 컸다. 그러나 그런 공포 속에서도 우린 계속 서로에게 힘을 불어넣으려고 노력했다.

　　친구와 가족에게 받는 전화와 문자도 훌륭한 위안이 됐다. 우리는 집 건물의 1층 로비에 머물렀지만, 주변이 잠잠해지면 먹을거리나 필요한 걸 가지러 얼른 집에 다녀오곤 했다. 다음 날 우린 가게에 갔다가 세 시간이나 줄을 서야 했다. 장바구니를 먹을 것으로 가득 채웠지만 폭격이 다시 시작됐다. 불이 나갔고 우린 모두 가게 대피소로 달려갔다. 일단 조용해지자 서둘러 집으로 돌아갔다. 그 뒤로 그 가게는 다시 문을 열지 않았다.

하루하루 지날수록 상황은 더 끔찍해졌다. 너무 무서워서 전처럼 자주 집에 올라가지 못했다. 계속된 폭격과 폭발 때문에 6일을 1층 로비에 머물렀다. 전투기가 하늘을 날고 우리 바로 위로 방향을 틀 때 특히 무서웠다. 그건 정말이지 우릴 공포에 떨게 했다. 1층 로비에서 하루도 더 있을 수 없을 것 같아서 나중엔 복도에서 자야 했다. 다음 날 아침, 우린 사랑하는 고양이를 포함해 짐을 챙겨서 도시를 떠났다.

우리가 떠난 다음 날, 우리 아파트 단지에 폭탄이 떨어졌다. 우린 지금도 언젠가 집에 돌아갈 것을 꿈꾼다.

코스티야의 이야기

2월 24일. 난 그날을 영원히 기억하게 될 거다. 그날이 우리 집에서 보낸 마지막 날이니까. 그리고 그날은 바로 전쟁이 일어난 날이니까.

난 폭발음에 잠에서 깼다. 한 번, 두 번 그리고 세 번. 잠에서 깬 부모님도 무슨 일이 벌어지는지 이해하지 못하고 있었다. 창밖을 통해 외곽 순환 도로의 하늘과 건물들이 불타고 있는 걸 보고 나서야, 우린 재앙이 벌어진 걸 알아챘다. 전쟁이 난 거다!

여동생 타니아가 울기 시작했고 엄마는 타니아를 진정시키려고 했다. 나는 너무 무서웠다. 우린 공포에 마비될 지경이었다. 옷을 입고 나서 부모님은 이제 어떻게 해야 할지 결정하려 애썼다. 어디로 가지? 나로 말할 것 같으면, 그저 폭발에서 가능한 한 먼 곳으로 가고 싶을 뿐이었다.

우린 차를 타고 하르키우 시내로 갔다. 이모가 거기서 학교 선생님으로 일한다. 건축가 베케토프[49]가 설계한 크고 아름다운 오래된 건물이다. 엄청나게 많은 사람들이 지하에 모여 있었다. 모두가 근심과 혼란에 휩싸여 있었고 그중 뭘 해야 할지, 어떤 일이 벌어질지 아는 사람은 아무도 없었다. 어른들이 나와 다른 아이들을 위해 학교 체육관을 일종의 방처럼 만들었다. 앉아서 잘 수 있도록 바닥에 매트를 던졌고, 엄마들이 계속 바닥을 닦았지만 여전히 매우 더럽고 먼지투성이었다.

그날 저녁 늦게, 근처 건물에서 온 다른 사람들이 합류했다. 하지만 그들은 혼자가 아니었고 반려동물들을 함께 데려왔다. 이제 개, 고양이 그리고 햄스터까지 함께 지내게 됐다. 완전 동물원이 따로 없었다.

어떤 사람들은 동물들과 함께 지하의 벤치나 의자에서 잤고 우린 체육관에서 잠을 청했다.

그 와중에 폭발음이 들려왔는데 어떤 것들은 심장을 뚫어 버릴 만큼 소리가 컸다. 차츰 우리는 폭발이 마음을 단단히 먹어야 할 만큼 가까운 데서 일어나는지, 아니면 먼 곳에서 일어나는지 구별할 수 있게 됐다. 6일째 되는 날 우린 전투기 소리를 들었고 정말 무서워졌다. 우리를 둘러싼 끔찍한 일들은 점점 악화되고 있었다. 그 어떤 희망도 없어 보였다.

화장실이나 구내식당에 갈 때면 꼭 부모님 중 한 사람이 아이와 함께 갔다.

부모들은 아이들에게 힘을 불어넣기 위해 최선을 다했다. 여러 종류의 게임이나 놀잇감을 구해 주기도 했다. 한 예로 나는 종이접기를 배웠다. 하지만 어른들이 기울인 최선의 노력에도 불구하고 아이들 중 몇몇은 울었다. 또 다른 폭격이 있을까 봐 무서워서 말이다. 우린 두려움에 떠는 아이들이 진정할 수 있게 모두 노력했다. 우리 중 몇몇은 전쟁 전에 만난 적이 없음에도 마치 하나의 커다란 가족처럼 지냈다. 우린 서로의 응원 시스템이 돼주었다.

부모님과 할머니, 고양이 길버트와 함께 차를 타고 도시를 빠져나오기 전까지 11일간 학교 지하실에서 지냈다. 차창 유리 너머로 파괴된 건물을 보자 너무 충격을 받았고 화가 났다. 지하실에선 그런 광경을 볼 수 없었다! 도시를 떠나는 많은 차량의 행렬이 놀라웠다. 그중 친구 하나도 만났고 그들의 차를 따라가려고 몇 분간 애쓰기도 했다. 엄마들은 서로를 보고 울었다.

지금 나는 거의 안전한 우크라이나 중부에 있다. 하지만 매일 울리는 공습경보는 나를 펄쩍 솟아오르게 한다. 어떤 사람들은 그것에 익숙해질 수도 있다고 한다. 아니다! 이런 것에는 절대로 익숙해질 수 없다.

나는 하르키우의 집으로 돌아가고 싶다! 계속되는 사이렌 소리나 폭발에 숨어야 할 필요 없이 친구들을 만나고, 밖에서 놀고, 학교에 가고, 선생님을 만나러 말이다.

하지만 무엇보다도 나는 우리 부모님의 얼굴에서

다시 진정한 웃음을 보고 싶다.

알레나의 이야기

2월 24일 새벽, 나는 폭발로 추정되는 커다란 소리에 깼다. 침대에서 뛰쳐나와 부모님의 침실로 가자 부모님도 이미 깨어 있었다. 엄마 아빠가 내게 한 말은 이것뿐이었다. "다 괜찮을 거야, 아가!"

엄마가 여행 가방에 물건을 던져 넣는 동안 아빠는 가장 가까운 주유소로 가려고 집을 뛰쳐나갔다.

전화가 울렸다. 어디로 갈 거냐고 묻는 오빠였다. 우린 할머니 집에 있기로 했다. 집을 떠나기 전 나는 우리 가족의 마스코트인 테디베어를 챙기는 데 간신히 성공했다. 밖에 나오자 내 귀에 들리고 내 눈에 보이는 건 거리에 서 있는 사람들의 비명과 눈물뿐이었다.

그렇지만 가족을 보자 즉시 기분이 나아졌다.

사람이 많아서 우린 두 대의 차를 이용해야 했다. 거리가 꽉 차 있어서 운전하는 게 불가능했다. 하지만 아빠는 지름길을 알고 있었다. 다시는 집으로 돌아오거나 친구들을 보지 못할 것 같아서 두려웠다.

마침내 우린 할머니 집에 도착했다. 겨우 10분 동

안 차를 탔을 뿐인데도 거기까지 도착하는 시간이 영원처럼 느껴졌다. 남자들은 차례로 지하실로 갔고 엄마와 이모는 먹을 것을 사기 위해 가게에 갔다. 상황이 진정됐다고 생각하는 순간 전화벨이 울렸는데, 국경 수비대에서 일하고 있는 삼촌을 바꿔 달라는 전화였다. 삼촌이 전쟁에 징집당한 것이다. 이모는 오열했고 이제 막 제대[50]한 오빠는 삼촌을 한쪽 구석으로 데려가 자기도 삼촌과 함께 갈 거라고 했다. 삼촌은 오빠에게 남아서 가족을 지키라고 말한 뒤 가족들 한 명 한 명에게 작별을 고하기 시작했다. 나는 눈물이 흘러내리는 오빠의 얼굴을 바라봤다. 이렇게 강하고 우직한 사람이 어린아이처럼 울고 있다니! 나도 울고 있노라니 삼촌이 내게 다가와 나를 꽉 안아 주며 꼭 다시 돌아오겠다고 했다. 삼촌이 문을 닫고 나갔고 그러자 방은 갑자기 텅 빈 것처럼 느껴졌다.

　　얼마 후 우리는 또다시 연이은 폭발음을 들었다. 모두가 자신의 물건을 꽉 잡고 지하실로 달려 내려갔다. 처음에 우린 그냥 꼼짝 않고 미사일이 지붕 위를 날아다니는 소리를 들었다. 난 테디베어를 꼭 끌어안고 하느님이 우리를 도와줄 거라 믿으며 조용히 기도했다. 오빠와 아빠가 가끔씩 뉴스를 확인하러 나갔다. 이모는 계속 삼촌과 연락하려 했지만 삼촌은 전화를 받지 않았다. 나머지 하루를 우리는 폭발이 완전히 사그라들 때까지 지하실에 꼼짝 않고 앉아 있었다. 그러곤 집으로 돌아가 밥을 먹고 잠을 잤다.

아침에 나는 어제 있었던 일이 그저 악몽이었다고 생각하며 잠에서 깼지만, 오빠가 또 다른 폭발이 있었다고 고함을 지르는 바람에 곧바로 착각에서 빠져나왔다. 그 뒤부터는 날마다 그런 식이었다. 그러다 내 인생 최악의 날이 올 때까지 말이다.

그날 아침은 여느 때처럼 평범했다. 우린 아침을 먹었고 9시쯤 또다시 들려온 폭발음에 지하실로 내려갔다.

그래서 우리 가족 전체와 사랑하는 테디베어는 또다시 이곳 지하에 있다. 아빠와 오빠가 밖에 나가는 걸 봤을 때 그것이 다시 집으로 돌아가 내가 가장 좋아하는 '해리포터' 시리즈를 읽을 수 있다는 뜻이길 바랐다. 하지만 그 순간 사격 소리와 어떤 남자의 목소리가 들렸다. 그들은 누군가에게 항복하라고 하며 1분밖에 시간을 줄 수 없다고 했다. 오빠와 아빠가 돌아와 모두에게 머리를 숙이고 입을 벌리라고 했다.[51] 바로 그 직후 우린 폭발음을 들었다. 우리 아빠의 학교, 아빠가 아이였을 때 다녔던 학교가 폭파되는 소리였다. 그 학교는 2차 세계 대전을 버텨냈지만 2022년 2월 26일을 버텨내지는 못했다.

조금 뒤 폭발음이 잠잠해지자 오빠아 아빠는 나머지 사람들에게 꼼짝 말라는 말을 남긴 채 지하실을 떠났다. 공기 중에 강한 연기 냄새가 났다. 마침내 밖으로 나가는 게 허용됐을 때 난 내가 지옥에 온 줄 알았다. 우리 주변의 모든 게 붉었고 재로 뒤덮여 있었다. 학교가 불타고 있었다. 이게 바로 내 인생 최악의 날이 어땠는지에 관한 이야기다.

하루하루가 그 전날과 똑같았다. 나쁜 소식과 폭발들. 하지만 난 용기를 잃은 적이 없다. 왜냐하면 테디베어와 함께 있으니까.

어느 날 아빠와 오빠는 마침내 하르키우를 떠나기로 결정했지만, 어디로 갈지는 아직 정하지 못한 상태였다. 하지만 그때 전화가 울렸고, 그건 삼촌으로부터 온 연락이었다. 삼촌은 무사하고 안전했다. 아빠와 오빠가 삼촌과 통화한 뒤 우리에게 짐을 챙기라고, 누군가가 우릴 기다리고 있다고 했다. 벌써 오후 4시의 늦은 시간이었고 통행금지 시간이 머지않았지만 오빠는 우리가 차를 타고 운전해서 가야 한다는 주장을 굽히지 않았다.

그렇게 우리는 할머니 집을 떠났는데, 그게 우리 문제의 끝은 아니었다. 폭발로 오빠 차의 전면 유리창이 깨졌고 운전하는 도중 비와 눈이 쏟아져 들어왔다. 도저히 당해 낼 수 없을까 봐 두려웠다.

그렇지만 내 기도가 도움이 된 것 같다. 우린 도시 밖 마을에 있는 삼촌 친구의 집에 도착했다. 그 작은 집에 사람들 수십 명이 다닥다닥 모여 있었다. 그들이 우리에게 보르시[52]와 프리즈크[53]를 먹으라고 했다. 밤은 조용히 흘렀고 며칠 만에 처음으로 나는 밤새 쭉 잤다.

다음 날 아침, 우린 드니프로에 도착할 때까지 여정을 이어 갔다. 거기서 아빠 친구 몇 명을 만났다. 그들은 우리에게 먹을 걸 주고 살 곳을 마련해 줬다. 지금 우린 그들의 옆집에 산다.

난 정말 집에 가고 싶다. 친구들을 보고 싶고, 무엇보다 삼촌을 안아 주고 싶다. 나는 우크라이나의 어린이고 내 이름은 알레나, 열두 살이다. 내가 원하는 건 오직 평화 그리고 집으로 돌아가는 것뿐이다!

마지막 일기

친구들의 이야기를 읽으며 그 애들이 어떤 일을 겪었고, 여전히 겪고 있는지 알게 됐다. 전쟁은 우리 모두에게 매우 다양한 방식으로 영향을 끼쳤다. 친구들의 삶이 갑자기 어떻게 바뀌었는지에 대한 설명을 들으면, 전쟁 중에는 어떤 경험도 같지 않다는 걸 알게 된다. 매일 집이 불타고, 상쾌한 공기를 쐬러 나가고 싶어 하다가 갑자기 폭격을 당하고, 지하실과 학교처럼 낯설고 차가운 임시 대피소에서 잠을 자는 것. 이는 우리가 처음으로 겪어야 했던 끔찍한 일들의 일부일 뿐이다.

우리는 진짜로 전쟁이 일어났다는 사실을 믿을 수 없었다. 전쟁이란 건 너무 이질적이었다. 폭발음, 여기저기서 들려오는 폭격음, 집과 학교 위로 떨어지는 폭탄들. 그 혼돈은 생각만으로 고통을 준다. 눈물, 슬픔, 공포, 두려움. 사랑하는 사람이 언제 돌아올지 모르는 채 전쟁터에 나가는 걸 지켜보는 것보다 더 고통스러운 일은 없다.

나와 친구들 모두에게 친근한 존재들이 가까이 있어서 다행이었다. 가족이 됐든 반려동물이 됐든 말이다. 설탕이 뿌려진 빵 한 조각이나 폭신한 인형과의 포근한 포옹은 우리에게 커다란 위안이 됐다. 하지만 전쟁은 한순간도 멀어지지 않았다.

친구들이 너무 보고 싶다. 언젠가 다시 볼 수 있길 바란다. 그들의 희망과 꿈이 모두 이루어지길 바란다.

난 이 글을 이렇게 마치고 싶다. 우린 아직 아이들이라고, 그러므로 우린 평화롭고 행복한 삶을 살아야 한다고 말이다!

더 읽기

러시아 국경 근처에 사는 많은 우크라이나인과 마찬가지로 예바는 러시아어와 우크라이나어를 모두 구사하며 이 책 대부분을 러시아어로 썼다. 일기에 적힌 시간은 사건이 일어났던 당시를 언급하는 때도 있고 예바가 일기를 쓴 시간 자체를 나타내기도 한다.

모든 일은 예바의 기억에 따라 쓰였다.

1. 하르키우는 예바의 고향으로 우크라이나에서 두 번째로 큰 도시다. 우크라이나 북동부에 있으며 2021년 기준으로 150만 명에 달하는 인구가 살고 있다. 우크라이나 산업, 문화의 중심지다.

2. 자유광장은 우크라이나에서 가장 큰 광장으로 콘서트나 축제 등 주요 행사가 열리는 곳이기도 하다. 구성주의 양식으로 지어진 데르즈프롬이 광장 한쪽 끝에 서 있다. 데르즈프롬은 1928년 소비에트 연방 시절 지어진 건물로 소비에트 최초의 마천루로 알려져 있다.

3. 군사 용어는 우크라이나어에 서서히 스며들었기에 아이들은 놀이 도중에도 때때로 이를 섞어 쓰곤 한다. 군사 기술의 발달을 '축하(기념)해야 할 것'으로 여기던 소비에트 연방 시절에

서 기인한 현상으로 보인다.

2번째 날

4. 수미는 우크라이나 북동부에 위치한 도시로 러시아 국경과 가깝다. 수미 전투는 2022년 2월 24일 시작됐는데 러시아군이 철수하기 전까지 거리에서 전투를 벌였다.

5. 무장된 개인 운송 수단으로 보병을 수송하기 때문에 '전장의 택시'라고도 알려져 있다.

6. 예우헤니야 합촌스카는 따뜻하고 기발한 스타일의 그림을 그리는 우크라이나 화가로 스스로를 '행복의 첫 번째 제공자'라고 칭한다. 우크라이나에서 가장 몸값이 비싼 것으로 알려져 있다.

7. 피소친은 하르키우의 서쪽 구역이다.

8. 살티우카는 하르키우 북동쪽의 대규모 주거지이다.

9. 그래드 시스템은 동시에 여러 개의 폭탄을 떨어뜨릴 수 있게 설계된 대규모 로켓이다. 러시아 군대에서 널리 쓰이며 1960년대에 소련 군대에 도입됐다.

3번째 날

10. 즈미이우는 하르키우의 바로 아래에 있는 도시다.

11. 올렉시 포타펜코는 우크라이나 가수로 〈보이스 오브 우크라이나〉의 심사 위원이기도 했다.

12. 샤스탸, 루한스크 오블라스티는 우크라이나 동쪽의 도시다.

13. 오블라스티는 우크라이나와 구 소련에서 '지역'을 의미하는 단어다.

14. 예전엔 드니프로페트로브스크라고 불렸던 드니프로는 우크라이나에서 네 번째로 큰 도시로 우크라이나 중동부에 위치해 있으며 도시의 이름을 딴 드니퍼강을 끼고 있다.

15. 자피칸카는 슬라브족 전통 요리로 치즈의 풍미가 가득한 달콤한 음식이다. 자피칸카는 원래 농부의 치즈로 만들었으나 코티지 치즈나 리코타 치즈로도 만들 수 있다.

16. 러시아 공작원이 무기를 우크라이나의 장난감이나 휴대폰, 그 외의 여러 가지 물건에 숨겨 두었다는 여러 매체의 보도가 있었다.

4번째 날

17. 표지물은 표적 표시기로 공습 중에 떨어뜨리는 색이 있는 조명이다.

5번째 날

18. '보아뱀처럼 꼼짝하지 않는다'는 무슨 일이 있어도 놀라지 않고 차분한 상태를 뜻하는 흔한 러시아식 표현이다.

6번째 날

19. 오흐티르카는 우크라이나의 수미 지역에서 '영웅 도시'로 꼽힌다. 2022년 3월 침공에 특별히 맞서 싸운 10개 도시가 영웅 도시로 명명되었는데 그중 하나다. 우크라이나에는 소련 시절에 선정된 4개의 다른 영웅 도시가 있다.

20. 열기압 폭탄으로도 알려져 있는 진공 폭탄은 엄청난 위력을 가진 두 번의 파괴적인 폭발을 일으킨다. 특히 거대한 두 번째 폭발은 사람의 내부 기관에 손상을 줄 정도의 위력을 지닌다.

21. 폴타바는 보르스클라강 변에 위치한 우크라이나 중앙의 작은 도시다.

22. 집속탄은 여러 개의 폭탄이 들어 있는 무기로 항공기에서 떨어지거나 육지에서 바다로 쏘아진다. 공중에서 수십 개나 수백 개의 폭탄이 터지며 축구장 몇 개만 한 크기의 지역을 포화시킬 수 있다. 집속탄의 타격 구역 안에 있는 사람은 군인이건 민간인이건 심각한 부상이나 죽음에 이를 가능성이 높다.

23. 자탄은 집속탄이나 미사일 탄두처럼 큰 무기 안에 여러 개의 작은 무기가 들어 있는 것을 말한다.

24. 제네바 협약은 4개의 협약과 3개의 추가 의정서로 구성돼 있는 국제 협약으로, 전쟁 중 인도주의적 대우를 다루는 국제법의 기준이 명기돼 있다. 단독으로 '제네바 협약'으로 명명할 때는 보통 2차 대전 이후 1949년에 만들어진 협정—1929년의 협약을 갱신하며 두 가지의 새로운 협약을 추가한—을 의미한다.

7번째 날

25. 이리나 할머니와 예바에겐 차가 있었으나, 당시 집에서 1킬로미터나 떨어져 있는 차고에 보관 중이었고 배터리가 새로 필요했기 때문에 차로 하르키우를 떠나는 것이 불가능했다.

26. 르비우는 우크라이나 서부의 가장 큰 도시로 주요 문화 시설이 밀집한 곳이다.

27. 우크라이나의 적십자 봉사자들은 의약품과 의료 장비를 제공하고, 건강 관련 시설을 운영하거나 나라를 떠나려는 사람들을 돕는 등 여러 방법으로 구호 활동을 펼치고 있다.

28. 러시아 침공 이후 우크라이나 전역에 검문소가 설치돼 있다. 어떤 곳들은 군인이 지키고 있고 어떤 곳은 해당 지역의 도시나 마을 주민들로 구성된 자원봉사자들이 지키고 있다.

29. 도네츠크는 우크라이나 동부의 산업 도시로 분쟁 중인 돈바스 지역의 칼미우스강과 접한다.

9번째 날

30. 자포리자는 우크라이나 남동쪽에 위치한 산업 도시로 여러 개의 발전소가 있는 곳이다.

31. 자포리자 핵 발전소는 규모로 치면 세계 10위 안에 드는 유럽 최대의 핵 발전소다.

32. 우크라이나는 지리적으로 유럽에 속하지만 소비에트 연방에 속했던 많은 국가의 시민들은 아직까지 큰 문화적 차이로 인해 자신들을 유럽인이라고 잘 생각하지 않는다.

12번째 날

33. 소브네 흐니즈도는 우즈호로드의 역사적인 와인 창고로 종종 축제 장소로도 사용된다. 예바가 이곳에 있을 때는 난민 보호소로 사용되고 있었다.

34. 흐리우냐는 1996년부터 사용된 우크라이나의 통화로 1흐리우냐는 100코피키다. 흐리우냐의 복수형은 흐리우니다.

13번째 날

35. 초프는 우크라이나 서부에 위치한 도시로 티사강을 기점으로 헝가리의 자호니와 분리돼 있다.

36. 예바가 전해 들은 일화는 이와 같았지만 실제로 '부다페스트'의 지명은 다뉴브강의 양쪽 도시, '부다'와 '페스트'에

서 비롯됐다. 헝가리어로 부다는 물, 페스트는 화로를 의미한다.

15번째 날

37. 오데사는 우크라이나 남동쪽 흑해 연안에 위치한 항구 도시다.

16번째 날

38. 이는 과거 소비에트 연방에 속했던 국가의 시민들이 여행 직전 행하는 작은 의식이다. 떠나기 전 그들은 하던 일을 멈추고 몇 초간 조용히 앉아 있다가 길을 나선다. 이교도 시절 비롯된 의식이라고 알려져 있다.

18번째 날

39. 퍼퍼pupper는 '강아지puppy'라는 단어의 애칭이다.

20번째 날

40. 《켈스의 서》는 신약성서의 사복음서를 담은 채색 필사본이다.

21번째 날

41. 화학 무기는 인체에 해나 죽음을 야기하기 위한 목적으로 만들어진 특수 군사 무기다. 화학 무기는 대량 살상 무기로 분류된다.

34번째 날

42. 소치는 흑해를 따라 이어진 러시아의 해변 도시다.

37번째 날

43. 《장난감 병정》은 안데르센이 1838년에 쓴 동화로, 담담하게 역경에 맞서는 장난감 병정의 이야기다.

61번째 날

44. 동방 정교회 부활절 축제에 우크라이나인들은 보통 가족끼리 모여 축제 음식을 저녁으로 먹는다.

45. 소련은 무신론을 채택했기 때문에 크리스마스 대신 새해를 기념했다. 지금은 정교회 신자들과 가톨릭 신자들을 중심으로 크리스마스를 즐기지만 선물은 여전히 새해에 주고받는다.

67번째 날

46. 다차дача는 소비에트 연방 시절 여름 휴가철에 주로 이용하던 별장을 말한다.

47. 그물버섯은 커다란 갈색 갓이 있는 버섯이며 밤꽃그물버섯은 유럽과 북미에서 발견되는 구멍이 송송 뚫린 식용 버섯이다. 꾀꼬리버섯은 가장 널리 알려진 야생 식용 버섯이다. 색은 주황, 노랑 혹은 흰색이고 깔때기 모양이다.

친구들의 이야기

48. 키이우 케이크는 헤이즐넛과 머랭, 버터 크림, 바닐라 스펀지로 만든 디저트다.

49. 알렉세이 니콜라예비치 베케토프는 러시아 제국과 소련의 건축가였다. 1862년에 태어나 1941년에 사망했다.

50. 18세 이상의 우크라이나 남성들에게 12개월에서 18개월의 병역은 의무 사항이다.

51. 폭발로 인한 충격파는 인체에 압력파를 발생시킨다. 입을 다물고 있으면 귀와 입안의 공기가 움직이지 못하므로 고막이 파열될 수 있다. 극단적인 경우 폐 안의 공기가 폐를 파열시킬 수도 있다. 입을 벌리는 것은 인체의 공기를 몸 밖으로 내보내 손상을 최소화하려는 시도다.

52. 보르시는 비트로 만드는 신맛의 수프로 독특한 붉은색을 띤

다. 우크라이나와 러시아, 폴란드의 대표 음식이며 우크라이나가 원조라고 알려져 있다.

53. 프리족(단수형) 혹은 프리즈크(복수형)는 배 모양의 빵을 굽거나 튀긴 것으로 다양한 재료로 속을 채운다. 짭짤하거나 단맛이며 언제건 편히 먹을 수 있는 길거리 음식이다.

나와 이리나 할머니.
우리는 늘 함께다.

감사의 말

2월 24일. 그날이 내 인생 전체를 바꿔 놓았다.

그날은 이 일기를 쓰기 시작한 날이기도 하다. 고통과 공포로 몸과 마음이 마비될 때마다 나는 앉아서 글을 썼다. 종이 위에 내 감정을 적어 내려가면 끔찍한 상황을 버티는 데 도움이 됐다. 내 목적은 이 경험을 글로 적어서 10년이나 20년이 지난 뒤에 내 어린 시절이 전쟁으로 어떻게 망가졌는지 돌아보고 기억할 수 있게 하려는 것이었다.

이 어려운 시간 속에서도 나는 친절한 사람을 정말 많이 만났고, 그래서 이 일기의 마지막 장을 그들에게 바치려 한다.

사랑하는 이리나 할머니는 언제나 내 곁에 계셔 주셨다. 할머니는 전쟁이 일어난 바로 직후부터 나를 지지하고 보호했다. 내 손이 공포로 덜덜 떨릴 때도 할머니와 함께 있는 한 어떤 수를 써서라도 날 안전하게 지켜 줄 거란 사실을 확신했다. 그렇게 오래 살지는 않았지만, 난 언제나 할머니를 믿었다. 할머니께 너무나 감사드린다.

우리가 고향에 머무는 게 안전하지 않고 우크라이나를 떠나야 한다는 사실은 아주 빠르게 확실해졌다. 할머니는 모든 친구에게 연락을 취했지만, 누구도 우릴 도울 수 없었다. 이나 아줌마만 빼고 말이다. 이나 아줌마는 조금 더 안전한 하르키우의 서쪽 끝으로 우리를 데려오고 자신과 함께 지낼 수 있도록 허락해 주었다. 우리를 돌봐 주고, 그림 그리기 등으로 내가 다른 곳에 집중할 수 있도록 애써 준 사실에 고맙다.

하르키우를 떠날 방법을 몰랐을 때 모든 희망이 사라진 것 같았지만 하느님은 우리를 드니프로로 용감하게 데려다줄 두 자원봉사자 토도와 올레를 보내 주셨다. 그들의 가슴에 가득한 용기와 친절에 감사한다. 우리의 여정 내내 나는 놀라운 사람들을 많이 만났다. 라다, 아르세니, 미나 아줌마, 에밀리오 신부님과 아틸라. 그들 모두 크고 관대한 심장을 가진 자들이다.

채널4의 기자들—파드라그, 프레디, 플라비앙, 들라라와 톰, 닉—은 내 삶 전체를 바꿔 놓았다. 내 이야기를 듣고 이 일기에 대해 알게 되자 그들은 최선을 다해 나와 할머니를 도왔다. 그들이 애쓴 덕분에 우리는 더블린에 무사히 도착할 수 있었다. 이 놀랍고 친절하고 명석하고 자비로운 사람들은 도움이 필요한 사람에게 언제나 손을 뻗을 준비가 돼 있다. 그들은 내 영혼에 밝고 따뜻한 작은 빛을 남겼다.

더블린에서 할머니와 나는 캐서린 플래너건 아줌마와 그 가족을 만났다. 길고 어려운 여정 끝에 내 삶은 동화 속에 나오는 것처럼 바뀌었다. 예쁜 집과 따뜻하고 아늑한 공간. 개리 아저씨는 더블린의 아름다운 곳곳을 우리에게 안내하고 보여 주었다. 캐서린 아줌마는 자신이 일하는 학교에 내가 다닐 수 있게 해 주었다. 우리의 삶이 몹시 어려울 때 그들은 우리를 도왔고 난 그들에게 깊이 감사한다.

새 학교에서 나는 안전하고 쾌적하게 지내고 있다. 마치 쭉 이곳의 학생이었던 것처럼 말이다. 나는 자유롭게 그랜드 피아노를 치거나 테니스장에서 테니스를 칠 수 있다. 우리 반 친구들은 모두 나를 따뜻하게 환영해 주었고 새로운 친구도 많이 사귀었다. 그늘의 친절과 정성에 고맙다.

우리가 지금 살고 있는 집의 주인에게도 감사하다. 이 예쁜 집에서 할머니와 나는 아주 행복하게 지내고 있다.

멋지고 아름다운 내 에이전트, 마리안 건 오코너를 만나게 한 신께 감사드린다. 그녀가 얼마나 멋진지 쓰려면 한 장 전체를 할애할 수도 있을 정도다. 특히나 마리안의 따뜻함과 친절함, 열정 그리고 날 도우려는 열망에 감사하다. 그녀 같은 사람이 세상에 더 많아져야 한다. 그녀가 내 에이전트라는 사실은 더없이 큰 영광이다.

마이클 모퍼고의 든든한 지원에 고맙다. 그가 내 책과 삶에 관심을 가져 줘서 너무나 영광스럽다. 언제나 그 사실을 잊지 않고 살겠다.

이 일기를 출판하기로 결정한 블룸스버리 출판사에 감사하다. 그곳 식구들, 특히 샐리 비츠, 라라 핸콕, 케이티 누튼, 비아트리스 크로스와 알리샤 본서는 내 삶이 더 나아지도록 정말 많은 도움을 줬다. 이 책을 위해 그들이 기울인 노력은 내게 교육과 행복의 기회를 줄 것이다. 그들 덕분에 나는 모든 일이 잘 풀릴 거라고 생각한다. 책이 블룸스버리에서 출판돼서 너무 기쁘다.

내가 여기에 오기까지 도와준 친절한 사람들과 하느님께 감사하다. 모든 게 괜찮아질 거다. 난 그렇게 믿는다!

옮긴이의 말

처음 이 원고의 번역을 제안받고 난 뒤, 두 가지 고민이 나를 괴롭혔다. 첫 번째 고민은 내가 번역을 함으로써 다른 번역자들에게 폐를 끼치는 것은 아닌가 하는 걱정이었고, 두 번째 고민은 이 작업을 과연―여타의 작업들과 병행해, 제대로―해낼 수 있을까 하는 의구심에 가까웠다. 그럼에도 이상하게 예바의 이야기가 계속 마음에 머물렀기 때문에 결국 나는 자발적으로, 아무도 시키지 않은 초벌 번역을 전부 해 본 뒤에야 편집자에게 이 일을 맡을 수 있을 것 같다는 답신을 보낼 수 있었다(작업을 해 나가며 큰 힘이 돼 준 정혜지 편집자에게 감사를 표한다. 그와의 진심 어린 교류를 통해 비로소 용기와 자긍심을 품는 게 가능했다).

이제 와 고백하건대, 따뜻하고 안전한 집에서 예바의 이야기를 읽는 것은 무척이나 큰 죄책감을 동반했다. 어쩌면 그 죄책감에서 벗어나기 위해 이 작업에 무모하게 뛰어든 것인지도 모르지만, 그보다 더 큰 두려움은 어쩌면 우리도 머지않아, 혹은 언제든 전쟁의 관람자 신분에서 벗어나게 될 수 있다는 가능성에 대한 상상이었다.

예바의 이야기는 지나치게 생생하다. 전쟁 중에 여러 장소와 나라를 이동하며 틈내서 쓴 열두 살짜리 아이의 르포를 읽으며 우리는 일상적 삶과 그것이 한순간에 무너져 내리는 모습, 영화 속에서나 본 비극과 그 안에서도 서로에게 기대고 희망을 품는 사람들을 목격할 수 있다.

삶의 크고 작은 즐거움과 괴로움을 조망하며 '인간'의 이야기를 허구로 엮어 내는 작업을 하면서 나는 습관처럼 자주 의심했었다. 과연 우리와 우리의 아이들이 평생 전쟁을 겪지 않을 거라고 장담할 수 있을까? 인류라는 어리석고 잔인한 존재가, 인류사적으로 돌아봤을 때 이제 막 태어난 것이나 다름없는 현대적 문명과 인권이라는 푸릇푸릇한 개념으로, 뼛속 깊이 새겨진 전쟁이라는 본능을 한 세기 이상 억누를 수 있을 정도로 현명한 존재인가. 나는 그 의문에 대한 내 대답을 밝히고 싶지 않다. 그 두려움이 나를 이 글로 이끌었다.

전쟁보다 더 큰 비극은 없다. 그 비극의 후유증은 몇 세대에 걸쳐 국가와 사회와 가정을 파괴하고 개인을 탈색시킨다. 문학과 예술의 영역에서 악인으로 그려지는 가부장조차, 실은 불과 몇 세대 위까지 끝없이 벌어진 전쟁 후유증의 피해자 혹은 피해의 계승자라는 사실을 자각하거나 인정하는 사람은 이제 많이 남아 있지 않다.

그 어느 때보다도 개인이라는 존재가 명징하게 두각을 나타내는 현대 사회의 여러 징후조차 평균적인 인류가 전쟁에서 상당히 멀어졌음에서 기인한다. 나는 지금 내 세대가 누리고 있는 당연한 일상이, 미래에서 돌이켜 봤을 때 짧았던 평화의 축복으로 기억되지 않기를 강력히 소망한다.

마지막으로, 부디 예바와 예바의 친구들이 전쟁의 기억에서 해방되기를, 더불어 이 땅에 사는 모든 아이들이 건강한 개인으로 자라날 수 있기를 바란다.

아이들은 전쟁에 대해 알 권리가 없다. 그 당연한 무지의 권리를 지켜 주기 위해, 다시 말해 전쟁이 어떤 것인지 몰라야 하는 연약하고 아름다운 존재들을 위해, 역설적으로 우리는 전쟁이 어떤 것인지 반드시 알아야 한다.

2023년 2월
손원평

당신은 전쟁을 몰라요

우크라이나에서 온
열두 살 소녀,
예바의 일기

1판 1쇄 펴냄 | 2023년 2월 24일
1판 5쇄 펴냄 | 2024년 9월 20일

지은이 | 예바 스칼레츠카
옮긴이 | 손원평
발행인 | 김병준·고세규
편　　집 | 정혜지
디자인 | 권성민
마케팅 | 차현지
발행처 | 생각의힘

등록 | 2011. 10. 27. 제406-2011-000127호
주소 | 서울시 마포구 독막로6길 11, 2, 3층
전화 | 02-6925-4183(편집), 02-6925-4188(영업)
팩스 | 02-6925-4182
전자우편 | tpbook1@tpbook.co.kr
홈페이지 | www.tpbook.co.kr

ISBN 979-11-90955-87-4 (43890)